Sparkys Edition

Zum Buch

Florentina und Viktor lernen sich über eine Kontaktanzeige kennen. Er ein erfolgreicher Unternehmer in Wien, sie Kreativdirektorin in München.
Die anfängliche Zurückhaltung ihrer Kommunikation wird schon sehr bald zu einer manisch getriebenen mit einem gefährlichen Frage-und-Antwort-Spiel. Grenzen werden überschritten. Ein verhängnisvoller Kontrollverlust setzt ein. Beide spüren diese Gratwanderung, in der sie verfangen. Die eine ungeheure Sogkraft entwickelt, der sie sich nicht entziehen können, die überleben lässt und dennoch emotionslos vernichtend ist.

Marita Sonnenberg dokumentiert diesen fragilen und dennoch brutal fordernden Schriftwechsel in einer minutiösen Chronologie von E-Mails in Echtzeit. Hautnah und ungefiltert. Ein trügerischer Sommer lässt erahnen, welche Macht die Anziehungskraft im fiktiven Raum hat. Wie sie manipuliert, wie sie fordert, wie sie drängt und jeglichen Schutz untersagt.

Marita Sonnenberg

Ein trügerischer Sommer

Impressum
Alle Handlungen und Personen sind frei erfunden. Ähnlichkeiten mit lebenden Personen oder Institutionen sind reiner Zufall.

Alle Rechte unterliegen dem Urheberrecht. Verwendung und Vervielfältigung von Text und Bild nur mit ausdrücklicher Genehmigung des Verlages.
E-Mail: service@sparkys-edition.de
Lektorat: Andrea Arendt
Korrektorat: Dr. Andreas Berger
Umschlaggestaltung: Designwerk-Kussmaul, Weilheim/Teck, www.designwerk-kussmaul.de
Grafische Umsetzung Titelmontage: Designwerk Kussmaul
© 2023 Sparkys Edition
Herstellung und Verlag: Sparkys Edition,
Zu den Schafhofäckern 134, 73230 Kirchheim/Teck
ISBN: 978-3-949768-19-4
Druck: WirMachenDruck, Waiblingen

Prolog

Eine Begegnung ist ebenso zufällig, wie sie anfällig ist. Sie ist unabdingbar interkulturell, selbst innerhalb ihres angestammten, sozialisierten Kulturkreises. Sie ist ein faszinierend verschwörerisches Phänomen. Bisweilen dämonisierend. Nicht immer persönlich, dafür isolierend. Nicht immer direkt. Bisweilen flüchtig.

Begegnungen bedienen sich des Vakuums vermeintlicher Schnittstellen zweier Individuen auf der Suche nach Glück, nach Gemeinsamkeit, nach Kohärenz.

Begegnung ist eine Illusion des Sich-im-anderen-Findens bei gleichzeitigem Sich-im-anderen-Verlieren.

Sie ist erschöpfend und Aus-sich-schöpfend. Sie erzwingt die Nacktheit und erhöht den Drang, sich bedecken zu wollen. Sie mündet in einer sich ergebenen Haltung des Fatalismus, der Gewohnheiten, der Schamhaftigkeit, des Verrats an sich und dem anderen.

Eine Begegnung bedingt die Dramaturgie superlativer Ignoranz.

Florentinas Begegnung mit Viktor ist die Chronik eines von Beginn an sehnsüchtigen und leidenschaftlichen Aufeinanderzugehens ohne Erreichbarkeit.

Getrieben von einer Intensität, welche die Gedärme sprengt, von Illusionen getränkt, von tiefem Schmerz malträtiert, die von einer in sich einstürzenden pathologischen Verletztheit zu einem Unterfangen von Wahn und Wahnsinn wird, das sich selbst ad absurdum führt. Das einer feigen Absicht zum Opfer fällt, der nie auch nur der Hauch eines Vorhabens vorausgegangen ist.

Es ist die Fragmentierung einer Chronologie, die sich ineinanderfügt, nie ein Ganzes wird und sich in der Verleugnung verliert, in der Verweigerung.

Florentinas Trauma. Viktors Überleben.

Die Anzeige

Die Kapitulation auf der Basis einer Seeleninsolvenz. Die Nüchternheit eines Marktplatzes der Täuschungen, der Blendungen, der Lügen, des Abwägens, des Sortierens, des Retouchierens, des Sich-selbst-Überlistens und das des anderen. Es ist eine Offenbarung der Verzweiflung, der Einsamkeit. Das Versagen der im Ursprung gewachsenen natürlichen Zugewandtheit.

Viktor war sich dieses seines höchst eigenen Desasters bewusst. Seine Kontaktanzeige war ein Hilferuf, dem noch viele weitere folgen sollten. Es war die Tragik seines Lebens. Eines Lebens, das sich zerfetzte zwischen den Welten, die ihm oktroyiert wurden, seinen Talenten, seiner Empfindsamkeit, seinem Kalkül, seiner Betroffenheit, seinem Getroffensein. Dabei hielt er nur an einer Welt fest: seiner eigenen, die sich ihm in zunehmendem Maße verweigerte. Sich ihm immer mehr entzog.

Sie verwandelte sich in ein Abziehbild, dessen einzelne Überlagerungen Schicht für Schicht abgetragen werden sollten.
Für Viktor war dies eine Häutung bei lebendigem Leib. Er verzieh weder sich noch den anderen.

War es die ihm eigene Ethik, die ihn hielt? Oder doch die moralische Ästhetik, die er sich disziplinarisch auferlegt hatte? Worin bestand der Unterschied? Woran sollte er dies festmachen? Für Viktor und die anderen in diesem Spiel des Lebens bedeutete dieses Sich-aufeinander-Einlassen ein Treiben auf offenem Meer. Sein eigener Strudel hielt ihn gefangen. Riss ihn in nur zu gut gekannte Tiefen. Es war ein wiederholter Absturz sehenden Auges. Um diesen zu verhindern, brauchte es ein Gegenüber der Fügsamkeit, der absoluten Loyalität.

Seinen Albtraum umgab er mit der Strahlkraft einer alles umblendenden Illuminierung. Die bewusst herbeigeführte Illusion erstickte alle aufkommenden Zweifel seiner Botschaft im Keim. Es war geradezu fahrlässig, auf ein derartiges Angebot nicht zu reagieren.
So erschien es Florentina.
Viktor wusste um die Dramatik dieser Kontaktanzeige. Sie allein und die damit verbundene Hoffnung auf Ablenkung, auf ein Sichöffnen ermöglichten ihm seine unverwundbare Rückkehr aus New York. Man würde die Antworten für ihn sammeln, bündeln, wie er Florentina später erzählte.
Seine Rückkehr hatte eine Perspektive. Unter der Last dieser Zuversicht bestieg er den Flieger nach New York, um sich dem Gigantismus dieser Stadt

hinzugeben, in das Treiben einzutauchen, um ihm nach wenigen Wochen wieder zu entfliehen und sich der weiteren Askese seines Lebens zu unterwerfen.

Es würde jemand da sein, auf ihn warten, wenn auch zunächst in Form der mit hoffenden, malträtierten Herzen geschriebenen Briefe, so hatte er kalkuliert. Dessen war er sich gewiss. Allein diese Gewissheit hatte ihn bewogen, diese Reise zu unternehmen. Aus der Nähe heraus erschien es ihm unmöglich, all dies abwarten zu können. Er wollte für den Einzelfall nicht verfügbar sein. Das Prinzip des Bündelns übte eine Faszination aus, die weder rational noch emotional begründet war. Somit würde es Alternativen geben, Optionen, aus denen er wählen konnte. Es war die Anonymität der Erwartungen, auf die er sich einlassen würde. Seine eigenen würden auf diese Weise nur bedingt und limitiert erfüllt. Seine Seele nicht in Mitleidenschaft gezogen. Sie war nicht verhandelbar.

Viktor schaffte bereits Distanz, bevor er sich überhaupt auf eine noch nicht definierte und vorstellbare Form der Nähe eingelassen hatte.

Auf meiner Traumreise ...

bin ich dir begegnet. Einer positiven, dem Leben zugewandten bewusst lebenden Frau, sensibel auch für

die leisen Töne, warmherzig. Für die „Seelenverwandtschaft" kein Fremdwort ist und die liebevoll unterstützend den Mut für einen gemeinsamen Lebensweg findet. Ich bin 58, Skorpion, erfolgreicher Unternehmer und bereit und frei für eine Liebe, die stimmig ist, auf Humor und Tiefe basiert. Arbeite und lebe in Wien.
(Bild-)Zuschriften unter: DIE ZEIT 2873 65 Die Zeit, 20079 Hamburg

Die Antwort

Ein Bewerbungsschreiben aus dem Inneren. Gelagert zwischen den Polen intimster Wünsche, geschuldet der Illusion der Auserwählten und dem Wissen um konkurrierende Bedürftigkeit, Kalkuliertheit und existenzielle Absichten.
Florentina war geübt darin, sich auf Wörter einzulassen. Es war ihre Welt. Die Form der Buchstaben zu betrachten, ihre stilistische Perfektion – wenn sie denn gewählt war – hatte etwas Erhabenes, das beim Lesen als aufwertender Begleiter des Inhaltes mitschwang.
Dies alles geschah an jenem Abend im Juli, als sie auf Viktors Anzeige stieß. Sie würde antworten.
Alles war nur eine Frage der Form, des Anspruchs, der Wahl der Worte. Florentina war in Festtagsstimmung. Sie triumphierte in siegessicherer Gewissheit.

Florentinas Briefe entstanden aus einem Diskurs zwischen Intellekt, Ideologie und Intuition, auf die sie sich verlassen konnte. Dessen war sie sich sicher.
Sie machte sich die Wörter zu eigen. Sie manipulierte sie. Sie missbrauchte sie. Es entstanden neue Wortschöpfungen. Sie verstümmelte Sätze. Verkürzte.

Im Gegenzug setzte sie Punkte erst nach langen in sich verschlungenen Reihen.
Ihre Abschnitte waren brutal. Sie verlor Zusammenhänge und diese sich. Allein zu dem Zweck, diese und sich wieder einzufangen. Sie ließ Sätze abbrechen. Dafür setzte sie Zeichen. Für sie waren es akrobatische Instrumente. Ihre Briefe hatten etwas Architektonisches. Selten blieb sie im Fluss. Sie forderte ihren Adressaten. Und schrieb doch nur an sich. Sie war Absender und Adressat zugleich. Ihre Virtuosität entpuppte sich als Deckmantel einer Botschaft an sich selbst mit einem Höchstmaß an Zufriedenheit. Ihr Schreiben war ein Schreiben aus dem Inneren.

Viktor sollte dieses zunächst nicht bemerken. Erst sehr viel später kritisierte er eine vermeintliche Projektion, die jedoch anders gelagert war, als er hätte vermuten können. Florentina verweigerte jedwede Aufklärung. Davor schützten ihn ihre vorausgegangene Betroffenheit und das daraus entstandene Schweigen.

Lieber Traumreisender,
als Hypothese würde ich dies zunächst gerne so stehen lassen. ...
Ob diese einem Vergleich standhält und sich bewahrheitet, wäre zu beweisen.

Wahr ist, dass mich die Sensibilität in der Vorstellung eines gemeinsamen Lebenswegs berührt hat. Getragen von Achtsamkeit und Empathie für den anderen, der Aufmerksamkeit für die leisen Töne und einem liebevollen Umgang miteinander. Der Wunsch nach Stimmigkeit und damit einer möglichen Seelenverwandtschaft.
Ich hoffe, es ist nicht anmaßend, wenn ich hier versuche, die ‚Anforderungen' vorsichtig zu interpretieren und mich damit auch meinen Wunsch- und Wertevorstellungen zu nähern.
Ich bin 52, ebenfalls Skorpion.
Auch ich habe den Wunsch und die Freiheit, mich auf eine Partnerschaft einlassen zu wollen und zu können.
Und dieses möglichst auf eine Partnerschaft mit gegenseitigem Respekt. Eine Partnerschaft, die sich nicht in Oberflächlichkeiten verliert, die aufrichtig und authentisch ist. Welche auf ebenso großem Humor wie auf Tiefgang basiert, die eindeutig und klar ist und auf überflüssige Spielchen verzichtet. Eine Partnerschaft, in der sich eine tiefe Liebe entwickeln kann, in der auch gemeinsame Träume Zeit und Raum haben.
Ich arbeite als Kreativdirektorin in München. In Wien besuche ich immer wieder liebe Freunde. Ich mag die Atmosphäre dieser Stadt, die

imposante Architektur. Und erlebe das Miteinander von Tradition und Moderne als sehr inspirierend.

Ich bitte um Nachsicht, dass ich zunächst kein Foto beilege, würde dies aber nach einem vertrauensvollen Kontakt gerne nachholen. Den Hinweis auf innere und äußere Schönheit habe ich sehr wohl verstanden. ... Da bin ich reflektiert und selbstkritisch genug.
Es wäre schön, auf dieser Basis aufeinander zugehen zu können.
In einem Gespräch 0178. 4876898 oder per E-Mail. (f-grafschaft@gmx.de).
Einen herzlichen Gruß
Florentina
München, 20. Juli 2021

Die SMS

Es war einer jener Briefe aus einer Parallelwelt, die folgenlos in Vergessenheit gerieten. Auch des Vergessenwollens. Nicht zuletzt auch, da er so angelegt war. Es war eine Angelegenheit mit einem hohen Verfallsdatum, immer verbunden mit der Möglichkeit, dass sich das Geschriebene selbst zerlegte und auflöste in eine vermeintlich zu vermeidende Niederlage. Diese Möglichkeit in Betracht ziehend, war die Trutzburg des Selbstschutzes existenziell. Dennoch forderte er seinen Tribut.

Noch gab es kein Gegenüber, keine Sprachkultur, keinen Blickkontakt, keine Berührung. Keine Verbindlichkeiten, keine Ethik, keine Moral, keinerlei Verpflichtungen. Das Unbekannte einer brutalen Anonymität beherrschte die Szenerie.
So setzte bei Florentina schon nach einigen Tagen des Schweigens und der Ungewissheit, je eine Antwort auf ihre Antwort zu bekommen, ihre Vermeidungstaktik ein, die sie glaubte zu beherrschen.
Sie vergaß, bemühte das Schicksal und änderte nichts. Ein Nachfragen war ihr fremd, schien ihr unangemessen.
Noch ahnte sie nichts von Viktors Flucht und seinem überlebensstrategischen Bündelprinzip.

Was nach dieser Zeit des Vergessens und des Ignorierens folgte, war die minimalisierte Form des Kontaktes auf der Überholspur. Flüchtig, sich selbst genügend und doch anrührend fragil.
Zugleich auch eine Genugtuung.
Da war sie wieder: die Überzeugungs- und Wirkungskraft des Geschriebenen. Es war nicht das einzelne Wort – es war das Gesamtbild, das zu einer derartigen Nachricht veranlasste. Sie hatte ihm keine Wahl gelassen. Ihre Worte hatten triumphiert, erhaben über alle Zweifel. Es würde ihr nicht schwerfallen, dem weiter zu genügen und damit eine beiderseitige Anspruchshaltung aufrecht zu halten. Das war ihr an jenem Sonntagmorgen klar, als sie Viktors Nachricht las, die sich auf ihrem Handy angekündigt und deren Ankündigung sie aufgeweckt hatte.

Es sollte der Start zu einem Spiel mit hohem Risiko und noch höherem Einsatz werden.

So. 08. Aug. 01.27 Uhr
Liebe Florentina,
gerade von einer längeren Reise nach New York zurückgekehrt, habe ich Ihren bezaubernden Brief vorgefunden, der so schöne und wichtige Gedanken enthält. Am liebsten hätte ich Sie bei Vollmond und trotz vorgerückter Stunde angerufen. Und es wäre

ein tolles Gespräch geworden. Aber das geht ja nicht.
Bitte, liebe Florentina, teilen Sie mir kurz mit, wann ich Sie anrufen darf.
Ich wünsche Ihnen eine gute Nacht.
Mit herzlichen Grüßen
Viktor Berggrün

So. 08. Aug. 09.06 Uhr
Guten Morgen, lieber Viktor,
herzlichen Dank für die sympathische Nachricht zu nächtlicher Zeit. Ich bin mir nicht sicher, ob ich da ein guter Gesprächspartner gewesen wäre. … Bin jetzt auf dem Weg, liebe Freunde aus Berlin zu treffen.
Wenn es bei Ihnen passt, ich bin am späten Nachmittag zurück. Freue mich auf Ihren Anruf.
Ihnen einen schönen Sonntag.
Herzlichen Gruß
Florentina

Viktors Stimme besaß jenen Klang, den sie so liebte. Klar, geschult. Sehr präzise mit leichtem Schmäh, der ihr ein Lächeln aufs Gesicht zeichnete und sie in ihrem Sessel tiefer rutschen ließ. Mit dem Wohlklang war ein Wohlgefühl verbunden, das sich in ihrem Körper ausbreitete. Sie wagte nicht, ihn zu unterbrechen. Dennoch vernahm sie eine gewisse

Unsicherheit, eine leichte Hektik, die zur Eile drängte, das Gespräch bald zu beenden.

Von einem ersten Treffen war die Rede, von einem kurzfristig anberaumten Termin in ihrer Stadt. Da waren sie, die ersten Berührungen. Getrieben – mutig, neugierig, unabdingbar. Es wäre zu vermessen, dies alles an jenem Sonntagabend schon einordnen zu können.

Erst sehr viel später wurde Florentina klar, welch enormes Risiko diese vermeintlich einschätzbare Risikobereitschaft beinhaltet hatte. Eine Auflösung dieses Vorhabens erfolgte erst sehr viel später. Zu spät, wie sich herausstellen sollte. Nicht im zeitlichen Verlauf. Eher die Intensität der Emotionalität betreffend.

So nahmen sie beide unter den unterschiedlichsten Voraussetzungen mögliche Verluste in Kauf, ohne auch nur im Ansatz den Einsatz zu kennen. Einer Einschätzung verweigerten sie sich.

Es entstand eine Eigendynamik, die niemand von ihnen zunächst zu stoppen wagte.

Selbst dann nicht, als Viktor unter sich selbsterklärenden Vorwänden ein leichtes Zögern erkennen ließ.

Mo. 09. Aug. 17.00 Uhr
Liebe Florentina,
leider klappt es nächste Woche nicht. Ich melde mich wegen eines neuen Vorschlags.
Mit herzlichen Grüßen
Viktor

Mo. 09. Aug. 17.15 Uhr
Schade, ich hatte mich auf die Begegnung und ein erstes Kennenlernen gefreut.
Bis dahin eine gute Zeit.
Herzlichen Gruß
Florentina

Mo. 09. Aug. 23.46 Uhr
Liebe Florentina,
ich konnte heute Abend bei meinen Gesprächspartnern erreichen, dass der Donnerstagtermin wieder steht. So bleibt es bei unserem Plan, worüber ich mich sehr freue. Ich übernachte im Bayerischen Hof. Da gibt es ein ordentliches Lokal, aber sicher haben Sie viel bessere Empfehlungen. Nennen Sie doch Ihr Lieblingslokal, dann kann ich eine Reservierung machen.
Schön, dass wir uns jetzt doch bald sehen!!
Mit herzlichen Grüßen
Viktor

Weder Viktor noch Florentina schienen bereit, sich zu schützen. Ihr beider Schutzmechanismus wäre für den Moment ein resignierendes Unterfangen gewesen, das ihrer beider Angelegenheiten nicht gerecht werden konnte. Florentinas Unbehagen unterlag der Euphorie. All dies war schon jetzt Viktors Geheimnis. Noch war es zu früh, dies preiszugeben. Florentinas Unwissenheit eröffnete ihm ungeahnte Möglichkeiten, mit immer wieder neuen Spielbällen zu jonglieren.

Mo. 09. Aug. 23.52 Uhr
Lieber Viktor,
vielen lieben Dank für die Nachricht. Auch ich freue mich darüber. Das ist sicherlich eine gute Option. Über eine Alternative denke ich nach. Vielleicht können wir dazu noch einmal sprechen.
Ich wünsche Ihnen eine gute Nacht.
Lieben Gruß
Florentina

Di. 10. Aug. 00.02 Uhr
Auch ich wünsche Ihnen natürlich eine gute Nacht. Wir können sehr fein essen gehen oder eben Erbsensuppe. Oder wir kombinieren beides. Hier haben Sie alle Spielräume. …

Dabei war es Viktor, der sich seine Spielräume nahm. Bei Florentina machte sich eine erste Skepsis breit. Die sie jedoch bereitwillig ignorierte. Sie war entschlossen, Viktor zu begegnen. Bei aller in ihr wachsenden Unstimmigkeit.

Di. 10. Aug. 09.24 Uhr
Guten Morgen, lieber Viktor,
ich würde gerne Ihren Vorschlag annehmen und mich mit Ihnen im Hotel zum Essen treffen. Für ein ruhiges Gespräch ist dies sicherlich das ideale Ambiente. Schließlich möchte ich schon noch erfahren, worüber Sie mit mir Sonntagnacht hätten sprechen wollen. Ich hoffe, der Impuls dazu hält an. ...
Lieben Gruß
Florentina

Di. 10. Aug. 14.26 Uhr
Liebe Florentina,
wollen wir uns am 19.8. um 19.30 im Bayerischen Hof treffen? Wir werden uns schon irgendwie erkennen! Ich wollte mit Ihnen zu später Stunde nicht über ein bestimmtes Thema reden. Ich war beflügelt von Ihrem schönen Brief und wollte Ihre Stimme hören.
Liebe Grüße
Viktor

Di. 10. Aug. 17.27 Uhr

Ja, gerne. Mit dem ‚anhaltenden Impuls' war dies auch so verstanden und gemeint, … eben die Spontaneität und Emotionalität. Ich freue mich auf unsere Begegnung, wenn auch mit ein bisschen Anspannung. Aber die gehört wohl dazu.
Lieben Gruß
Florentina

Di. 10. Aug. 21.40 Uhr

Der Zen-Buddhismus lehrt das Verhältnis von Anspannung und Entspannung. Jede Anspannung muss aus tiefster Entspannung kommen. Vor jedem Kongress, jedem Konzert in meinem Leben war ich aufgeregt. Nur im Zustand der Aufregung/Erregung agiert man optimal. Aber die Atmung und die Hände waren immer ruhig. In der Ruhe liegt die Kraft. Das kann man auf das ganze Leben übertragen. Nur Ruhe allein jedoch ist tot, die Impulse sind das Wertvolle. Denken Sie nicht an Anspannung, sondern an Ihren Impuls. Dem muss man freien Raum geben. Dann entspannen Sie in Freude und Leichtigkeit.
Ich wünsche Ihnen eine gute Nacht!
Liebe Grüße
Viktor

Damit hatte Viktor jene Sphäre erreicht, die Florentinas Gemüt ins Mark traf. Ihrer anhaltenden Ambivalenz gegenüber esoterischen Zwischenwelten war damit einmal mehr Einhalt geboten. Umgeben mit dem Flair des Intellektuellen, erhielt sie ihre anhaltende zugespitzte Berechtigung und die notwendige Unterstützung, sich diesem weiten Feld der Zwischenwelten im Diskurs zu öffnen. Wie fatal diese Freizügigkeit für sie werden sollte, hätte sie schon jetzt erspüren können.

Di. 10. Aug. 22.05 Uhr
Ich weiß um diese Momente aus Yoga und Meditation, die zu Wachheit und Achtsamkeit führen. Ebenso um die Intuition, die dem Kognitiven vorausgeht und einen ersten Impuls setzt. Auch um die Erfahrung, sich dem zu nähern und das zusammenzubringen. Scheint, als hätten wir Gesprächsstoff für mehr als einen Abend, denn das ist mehr als nur eine Geschichte.
Schlafen Sie gut.
Lieben Gruß
Florentina

Di. 10. Aug. 22.23 Uhr
Ich habe noch 2 Fragen:
Welchen Ursprung hat Ihr wunderschöner Name?

Wenn denn schon nicht nach Mitternacht, was ich verstehe, was ist für Sie der ideale Gesprächszeitpunkt, vorausgesetzt, es ist ein idealer Gesprächspartner?
Lieben Gutenachtgruß
V.

Di. 10. Aug. 22.31 Uhr

Zu Frage 1.
Es ist ein urkatholischer Name. Kommt aber ursprünglich aus dem Portugiesischen und bedeutet Blütezeit, was aber meinen Eltern sicherlich nicht bewusst war.
Zu Frage 2.
Jede Zeit ist recht, wenn es der richtige Gesprächspartner ist. Auch wenn wir uns noch nicht begegnet sind, würde ich mich über einen weiteren Anruf zu jeder Zeit freuen.

Di. 10. Aug. 22.39 Uhr

Ihre letzte Aussage gibt mir Mut. Ich bin an sich ein Briefeschreiber. Das Tel. ist ein schwieriges Medium, wenn man sich nicht wirklich kennt. Die Augen, die alles sagen, fehlen. Ab dem Bayerischen Hof ist auch Tel. kein Problem mehr. Ich pflege ein Brieftagebuch, einen DIN-A5-Leuchtturm. Jede Partei schreibt einen Brief in Tagebuchform und schickt das Buch an den anderen, der ebenfalls in

Briefform antwortet. Und dann geht es mit der Post wieder retour.
Zur Vorbereitung unserer Begegnung im Bayerischen Hof sollte jeder von uns nachdenken, ob es minimalistische Erkennungszeichen gibt, die ein Erkennender komplex im Bruchteil von Sekunden zusammenfügt, ohne dass wir auf lästige Weise den Portier fragen müssen.
Also jetzt rufe ich Sie, liebe Florentina, nicht mehr an, das verbietet ja schon die altrömische Provenienz Ihres Namens. Ich denke, morgen, nach der 1. Messe. Ich selbst bin Protestant, gehe aber nur in katholische Kirchen, meistens wenn sie leer sind oder dort konzertiert wird.

Di. 10. Aug. 22.46 Uhr
Liebe Florentina,
ich wünsche Ihnen nochmals eine gottgesegnete Nachtruhe. Jetzt müssten Sie eigentlich schon tief schlafen.
Viele liebe Grüße
V.

Viktor erhöhte den Druck, um seinem eigenen zu entkommen, der gegen Abend anstieg. Florentina spürte diese Intensität zu genau, als dass sie sich damit beschäftigen wollte. Sie nahm den von Viktor ausgeübten Druck auf und gab sich ihm hin.

Sie gab ihn, für Viktor nicht zu vernehmen, zurück. Sie gestattete sich weder Zeit noch Raum. Geboren aus ihrer beider Not und Bedürftigkeit. Von denen der jeweils andere nichts wusste, nur ahnte. Diese gewollte Unkenntnis war die eigentliche Tragik. Die rote Linie war längst überschritten.

Es wurde zu einer brutalen Annäherung nach dem Vermeidungsprinzip eines Absturzes – auf beiden Seiten. Florentina verspürte ein leichtes Unbehagen, das jedoch nicht stark genug ausgeprägt war, um sich zu entsagen. Sie ging sogar noch einen Schritt weiter: Sie verweigerte sich der Kontrolle.

Vor Viktor baute sich eine Drohkulisse auf, an der Florentina unbeteiligt war, ebenso wie an seinem späteren Schweigen. Es drohte der Absturz, den er nur mit Florentinas Anwesenheit hinauszögern oder gar abwenden konnte. Selbst die getroffenen Verabredungen wurden für Viktor zu Schreckgespinsten. Je näher der Abend im Bayerischen Hof kam, umso bedrohlicher wurde er für Viktor.

Mi. 11. Aug. 09.10 Uhr
Lieber Viktor,
zunächst einen guten Morgen.
Auch ich liebe es, Briefe zu schreiben. Auch ich habe immer ein kleines Leuchtturmbuch in meiner

Tasche. Für Notizen, Gedanken, Fragmente, Ideen.
… Darf ich fragen, mit wem Sie das Prinzip des Brieftagebuchs praktizieren? Telefonate in unserem Stadium sind sicherlich eine kleine Herausforderung. Vielleicht aber können wir zusätzlich als Kompromiss E-Mails nutzen, da unsere Kommunikation doch in einen Modus von mehr Tiefe geht und mir bei SMS der Eindruck des Gesamten fehlt? Und damit die Intensität und auch Ästhetik. Es bekommt etwas Flüchtiges, was mich ein Stückweit irritiert.
Einen lieben Gruß
Florentina

Mi. 11. Aug. 14.42 Uhr
Liebe Florentina,
das Brieftagebuch mache ich mit meiner Tochter Konstanze, die seit fünf Jahren in New York lebt. Ihre Ausführungen zur Ästhetik moderner Kommunikation kann ich nur teilen. Ich hatte bisher keinen privaten E-Mail-Account. Nun ist er da: v.b@berggruenprojects.de.
Mit lieben Grüßen
Viktor

Nur zu gern ließ Viktor sich auf Florentinas Vorschlag ein, der schon eher einer Forderung glich. Dieses Medium eröffnete ihnen beiden ungleich größere Möglichkeiten der akut notwendigen Nähe bei gleichzeitigem Eigenschutz für Viktor.

Für Florentina sollte es zur Spielwiese einer ungezügelten Fantasiewelt werden. Die sie unvorsichtig werden ließ, die ihr jegliche Skepsis nahm, die alle Zweifel zerstreute. Und wenn doch, spielte sie ihre Stärke des Verstehens aus, nicht aber die des Verstandes. Sie ließ sich auf ihn ein. Er brauchte sie. Zumindest für den Moment. Da war kein Aufwand zu groß. Und doch schien in alldem keine Absicht zu liegen. Gerade diese Absichtslosigkeit ließ jeden Argwohn unzumutbar werden. Getragen von Fürsorge, auch Respekt, einer geheimnisvollen Vertrautheit, abgeschirmt von der Außenwelt. Eben jene unverbindliche Verbindlichkeit, die unverpflichtete Verpflichtung, das unmissverständliche Verständnis, das nicht verstandene Verstehen und die unmöglichen Möglichkeiten. Mit ihren E-Mails würden sie alle Zweifel überschreiben und zugleich totschweigen.
Viktor ahnte es. Florentina wusste es nicht.

Mi. 11. Aug. 16.49 Uhr
Lieber Viktor,
welch ein Privileg. Vielen lieben Dank dafür.
(Obwohl, so richtig privat klingt die nicht. Sorry!!!)

Das ist schon ein ganz anderes Bild, eine andere Fläche, auf der ich mich bewegen kann. ...
Ich finde dieses Brieftagebuch eine wundervolle Idee, auch zwischen Vater und Tochter. Das ist ein Juwel von höchstem Wert.
Die Idee der Erkennungsmerkmale hat seinen Reiz. Da hat sich in den letzten Tagen schon eine relativ konkrete Vorstellung gebildet, die aber wahrscheinlich sehr krude ist, da sie sich aus so vielen Facetten zusammensetzt und sich noch kein wirklich homogenes Bild, speziell äußeres Erscheinungsbild ergibt.
Da ich generell sehr visuell bin und gerne in Bildern und Geschichten denke, sehe ich jedoch eine Chance. ... Ein bisschen Zeit bleibt schließlich noch. Wir werden sehen! So oder so.
Das mit der Katholikin hält sich in Grenzen. Ich bin sicherlich auf eine bestimmte Art religiös und gläubig, aber da auch immer noch auf der Suche. Mit der Institution jedoch weniger verbunden. Liebe aber Kirchen, auch vor allem dann, wenn sie leer sind, und zünde mit Hingabe Kerzen an. In den Mailänder Dom habe ich schon einiges investiert. Mein Lieblingsplatz ist jedoch eine kleine Kapelle in einem Waldstück in der Nähe meiner Eltern.
Auch sieht die altrömische Provenienz meines Namens keine Einschränkung bezüglich Uhr- oder Tageszeit von eingehenden Telefonaten vor.

Es ist lediglich mein ganz banales Schlafbedürfnis.
Fühlen Sie sich also frei, wenn auch erst nach dem Bayerischen Hof.
Einen lieben Gruß
Florentina

Mo. 16. Aug. 07.42 Uhr
Guten Morgen, lieber Viktor
bist du gut nach Hause gekommen? Wie geht es dir?
Alles Liebe
Florentina

Nie, zu keiner Zeit gab es auch nur den Ansatz der Belanglosigkeit in ihrer Korrespondenz. Alles schien von höchstem Interesse. Sie wahrten die Form. Nicht immer paritätisch. Florentina eher die Viktors. Gerne hätte sie mehr Spontaneität hineingebracht. Vereinzelte Versuche schlugen fehl. Die Sensibilität, dies zu erkennen, besaß sie in hohem Maße. So ordnete sie sich unter. Es störte sie nicht. Sie verfügte über die notwendige Leichtigkeit und Flexibilität, auch darüber hinwegzusehen.
Viktor besaß diese Elastizität nicht. Für ihn war es eine Frage des Prinzips, der Etikette und des Eigenvermögens.

Die Emotionen überschlugen sich. Grenzen wurden aufgehoben. Es schien, als lasse sich nichts mehr zurückdrehen.

Florentina und Viktor waren von ihren Emotionen Getriebene in einem Rausch von einer nicht näher zu definierenden Leidenschaft.

Ihr Nirwana war das einer überbordenden Sehnsucht nach Nähe, Vertraulichkeit, Vertrautheit in der Schwere. All dieses entspann sich Nacht für Nacht in Gestalt einer diffusen Nebelwand. Es entstand eine ungeahnte Überhöhung der Emotionalität, die aus Furcht, Versagensängsten, aus Verpflichtung und einer bleischweren Leichtigkeit bestand.

Eine Einvernehmlichkeit auf morschem Grund, die sich im Minutentakt verdichtete, die sich in Wellen überschlug. Getragen von Intellekt, Sprachbegabtheit, berauscht von gegenseitig wechselnder Überlegenheit, Reinheit und Attitüde. Überschattet von dem Fluch des Selbstbetrugs.

Doch auch dies sollte sich erst später herausstellen.

Ihre Kommunikation lief auf Verzögerung hinaus, da sie auf Verzögerung gepolt war. Jeder Gruß, jede Frage, jede Antwort, jede Mitteilung, jede Zustandsbeschreibung war ein erprobtes Mittel des Hinauszögerns bei gleichzeitigem Erhalt und Wahrung des Moments.

Das Ritual wiederholte sich. Es sollte zu einer Endlosschleife werden. Der vordergründigen Leichtigkeit folgte die Radikalität der von Viktor abrupt getroffenen Entscheidungen. Sie waren absehbar.
Auch für Florentina.
Sie waren nicht der Situation geschuldet, wie Florentina glauben wollte. Sie waren aus der Unzulänglichkeit einer Gemengelage entwichen, die nicht mehr länger verborgen bleiben konnte. Es gab keinen Deckmantel des Schutzes, der Flucht. Es war etwas Infantiles entstanden, das beider Intelligenz und Anspruchshaltung beschämte.
Dies in all seiner Nacktheit betrachtet, wurde zu einer dramatischen Bewusstheit, die Viktor wie eine Erlösung vorkam. Florentina der Verzweiflung nahebrachte.
So war denn jeder Abschied immer auch ein kleiner Tod. Es schlich sich das Unwiederbringliche ein. Es begleitete jedes Ende eines Telefonats mit dem Drücken der roten Taste, es manifestierte sich mit jedem Absenden einer E-Mail, einer SMS. Auch die Bestätigung des Gesandten änderte daran nichts.

Dieser Verflüchtigung des Gesagten, der Emotionen, stand das Bemühen, ihm entgegenzutreten.
Wie anders war es zu erklären, dass den Nachrichten Antworten im Minutentakt folgten? Dass sich eine Flut der Penetranz ergoss, die unerschöpflich

schien? Es entstanden eine Dynamik des Mitteilens, des Nicht-abreißen-lassen-Wollens, die Verpflichtung, reagieren zu wollen und zu müssen, eine Erwartungshaltung in der Symbiose der Enttäuschung und ihrer diktatorisch abgeleiteten unausgesprochenen Vereinbarungen. Die Großzügigkeit des Entschuldens kam abhanden. Und mit ihr die Disziplin des Rückzugs, der Distanz. Das Ertragen von Abwesenheit.

Es war die Nacht, die ihnen zusetzte. Speziell Viktor. Seiner Schlaflosigkeit waren die spätabendlichen Telefonate und E-Mails geschuldet. Sie halfen ihm über die Nacht hinweg. Hinein in den nächsten Tag. Florentina hätte es erahnen, ja erkennen können und sogar müssen. Es bekümmerte sie. Jedoch in einer Art und Weise, die ihr die Möglichkeit gab, sich der Verantwortung zu entziehen. So schützte sie sich und Viktor. Nur einmal würde sie ihn fragen, latent. Sie kannte die Antwort. Das entband sie von der Verpflichtung, näher darauf einzugehen. Aus Respekt. Aus Feigheit. Aus Furcht.
Florentinas und Viktors Abschiede glichen einer Komparation. Als Annäherung deklariert, wurden sie mehr und mehr zu Schreien in der Nacht. Selbst über den Tag hinaus trugen sie sich. Sie wurden zu Bekenntnissen, zu Versprechen, zu Beschwörungen,

zu Proklamationen. Zunehmend in der Aufwärtsbewegung einer sich immer enger drehenden Spirale. Sie vermochten es weder zu stoppen noch zu erklären. Es war ein gefährliches und dennoch notwendiges Spiel ohne Regeln. Sie ließen sich darauf ein.

Die Nacht konnte der Intensität ihrer Begegnung nichts anhaben. Viktor umgab sie fürsorglich. Florentina lauschte seinen Worten. Die stundenlangen Telefonate hatten sich verselbstständigt. Der anfänglichen Befangenheit folgte ein wohltuendes Losgelöstsein, das sich über den Abend in die Nacht hineinzog.
Viktor entführte sie in seine Welt, in die Welt der Musik, der tiefgreifenden Gedanken, aber eben auch in seine Welt der bleiernen Schwere, des Haderns, des Zweifelns, der Enttäuschungen, ja selbst des Hasses, der Rache, der Unterstellungen, der Intrigen, des Nachtragens, des Unverzeihlichen.

Florentina vermochte ihn nicht in ihre Welt mitzunehmen. Zu gern hätte sie ihm jene Leichtigkeit gewährt, mit der sie immer wieder Vertrauen zurückgewann, hätte ihn zu gern von seiner Schwermütigkeit befreit. Sie wäre dazu bereit gewesen. Je mehr Viktor wankte, umso größer war ihre vermeintliche Stärke. Eine maßlose Selbstüberschätzung. Wie sie wusste.

In Kenntnis all dessen tat sich dennoch für Florentina ein neues Zuhause in seiner Welt auf, in das sie liebend gern und ohne zu zögern eingetreten wäre, hätte Viktor dieses zugelassen. Er aber verweigerte sich ihr und ihrer Welt mit symptomatischer Niedergeschlagenheit in Körper und Geist. Sein Entgegenkommen gründete auf einer emotionalen Notwendigkeit. Es war eine Berg- und Talfahrt der Gefühle, der Abhängigkeiten, der Stimmungen unter besonderer Inanspruchnahme.

Nähe aus der Verzweiflung heraus genügt sich selbst. Sie geht einher mit der Körperlichkeit der Sehnsucht, die vibrieren lässt. Es sind das Erstarren des Geistes und die Befreiung des Berührbaren. Es ist ein Aderlass der Ratio, des Intellekts und der Vernunft. Ein Energiedialog des Überlebens.

Florentinas Überlagerung setzte ein. Die Projektion, wie Viktor es später ausdrückte. Dabei war es Florentinas Projektion auf sich selbst. Ihre eigene Analyse am Fallbeispiel Viktor Berggrün. Die Dimension war weitaus komplexer und vitaler, als es den Anschein hatte. Florentina wahrte den Schein. Viktor begann seinen Rückzug. Für Florentina war eine Fluchtmöglichkeit außer Reichweite.

Liebe ist Klarheit in jedem Schritt, in jedem einzelnen Augenblick, in jedem so flüchtigen Moment.
Dazu aber bedarf es der Eigenständigkeit jedes einzelnen Liebenden. Nur Liebende werden zu Geliebten.

Florentina und Viktor waren sich dessen bewusst. Doch sollten sie es sich und dem anderen zu diesem Zeitpunkt nicht eingestehen.

Bei Viktor war es die Projektion, die er vermeinte ab einem gewissen Zeitpunkt verspürt zu haben. Bei Florentina von Beginn an die Überwindung, sich auf ein derartiges Spiel einzulassen. Sie hatte seine Zeichen, Hinweise und Warnungen erkannt. Sie waren deutlich gewesen. Florentina hatte sie überlagert mit dem Wunsch, die Stärkere zu sein. Sie wollte Souveränität vermitteln, die Möglichkeit von Glück, von Zufriedenheit, der Zuversicht auf Liebe, der einzig großen Lebensliebe. Die zu einer ihrer größten Lebenslüge werden sollte. Sehr konzentriert, sehr limitiert und vernichtend nachhaltig.

Antworten auf Fragen

Was bleibt, wenn nichts mehr bleibt? Es sind die Fragen, die bleiben. Die sich hineinbohren in die geschundene Seele. Was aber, wenn Fragen am Anfang stehen? Läuten sie das Ende ein? Sind sie als Gradmesser deutbar?
Ist es nicht eher Interesse, welches das Geschehene antreibt? Sind sie zulässig in einer noch nicht geformten, porösen Begegnung, die noch alles bereithalten könnte?

Do. 12. Aug. 21.43 Uhr
Liebe Florentina,
soeben bin ich vom Flughafen zurückgekehrt, habe noch einen Schlenk über die Tankstelle gemacht, um meine Ritter Sport (Nuss und Nougat) aufzufrischen, und sitze nun auf dem Balkon, um den vielseitigen Tag Revue passieren zu lassen.
Mit meiner Tochter war es wie immer wunderbar. Sie ist ein im besten Sinne des Wortes altmodischer Mensch mit Herzensbildung und kristalliner Intelligenz. Sie hat gerade eine große Ausstellung in Japan vorbereitet und mich dazu eingeladen.
Mein Erkennungszeichen habe ich.

Es ist meine linke geöffnete Hand. Die enthält zwar keine Facetten, aber es gibt unzählige Deutungsfacetten, die alle auf einen Kern zurückzuführen sind. Im Flugzeug fiel mir ein, dass jeder von uns pro Tag zehn einfache, lustige Quizfragen stellt, die natürlich auch beantwortet werden müssen. Ich werfe Ihnen jetzt die ersten zehn zu, die Sie je nach Zu-Bett-gehens-Zeit noch heute, spätestens morgen beantworten. Wenn Sie hierzu bereit sind.

1. Kochen Sie mit Knoblauch?
2. Verwenden Sie Haarwickel?
3. Verwenden Sie eine Schlafmütze?
4. Wo lesen Sie?
5. Machen Sie Frühstück und in welcher Stimmung sind Sie dabei?
6. Können Sie Ihren Tag einteilen?
7. Was macht Ihnen bei der Arbeit am meisten Freude?
8. Haben Sie schon einmal an andere Aufgabenfelder gedacht?
9. Sind die Topoi ‚Reisen' und ‚Urlaub' gleich?
10. Was ist Ihnen das Wichtigste im Leben?

Ich wünsche Ihnen eine gute Nacht und gute Träume.
Sehr herzlich
Viktor

Florentina verspürte Abneigung gegenüber Viktors Vorhaben. Doch verweigerte sie sich nicht. Sie fand zwiespältigen Gefallen an diesem Spiel der Häutungen, dem sie sich ohne Beschränkung hingab.
Es wurde zu einer Art Sucht. Erst die Fragen, später dann, wenn auch nicht sehr viel später, die Antworten. Sie verausgabte sich. Sie wurden zu einem Seelenstriptease, einer Lebensaufarbeitung. Dennoch blieb es eine Mischung aus kognitiv motiviertem Kalkül und einer von Hysterie geprägten Emotionalität. Zeitweise auch Intuition, was sie später bereuen sollte.

Was, wenn Fragen Antworten sind und Antworten zu Fragen werden?
Was, wenn der Mittler in dieser Rhetorik fehlt?
Es keine Nachfragen gibt, keine Nachantworten?
Was, wenn jede Frage und jede Antwort unwiderruflich, unwiederbringlich ist?
Jede Frage und jede Antwort für sich steht?
Wenn jede Frage und jede Antwort in sich schlüssig ist?
Sie einander nicht bedingen?
Losgelöst voneinander stehen, sinngemäß oder sinnverfälscht. Sie einen Kontext bilden oder isolierte Informationen signalisieren.
Was, wenn aus einem subjektiv zusammengesetzten Ganzen das Konstrukt eines menschlichen

Charakters abgebildet, ein Leben skizziert wird nach individuellen Einschätzungen?
Ohne Erleben und ohne Leben.

Wenn Fragen und Antworten in einen Kontext gestellt werden, wenn sie einen Kontext bilden, wenn Ansprache und Absprache sich verbinden, wenn Fragmente zu Dokumentationen abgebildet werden, dann und erst dann entsteht jene notwendige Klarheit über die Liebe.

Do. 12. Aug. 23.37 Uhr
Lieber Viktor,
ich war heute nicht mehr auf Sie eingestellt, da ich dachte, dass Sie das Wochenende mit Ihren Kindern verbringen. Umso schöner, von Ihnen zu hören.
Freue mich, dass der Tag mit Ihrer Tochter ein erfüllender war. Ich kann das gut nachspüren. Genieße solche Momente mit meinem Sohn auch immer wieder in Dankbarkeit.
Mein Schlenk über die Tankstelle läuft in der Regel auf Chips Oriental hinaus.
Mein Erkennungszeichen habe ich inzwischen. Da ich immer mit meinen Händen in Bewegung bin, daher sehr haptisch, ist es wahrscheinlich meine rechte Hand, bei der sich die Finger bewegen. Woran Sie sich klammern, hängt vom jeweiligen Moment ab.

Das 10-Fragen-System nehme ich gerne auf. Meine Antworten dazu heute. Meine Fragen morgen:

1. *Unbedingt.*
2. *Niemals.*
3. *Unmöglich.*
4. *Bei schönem Wetter auf meiner Liege im Garten, bei schlechtem in meinem eingesessenen Ledersessel.*
5. *Mein Frühstück allein besteht aus frisch geriebenem Ingwertee mit Joghurt/Früchten und Müsli, zu zweit aus Rührei mit Speck, selbst gemachter Marmelade, dunklem Brot und Kaffee. Meine Stimmung ist eingestimmt auf den Tag. Allerdings auch sehr eingespielt, aber wach und präsent.*
6. *Grundsätzlich schon. Manchmal verwerfe ich das, lese, verliere mich dabei, wenn ich keine Termine oder Abgaben habe. Selten, aber immer mal wieder mit Genuss.*
7. *An meine Grenzen zu kommen. Mich mit mir zu konfrontieren. Und eine Balance zwischen Festhalten, Loslassen und Neuentdecken zu finden. Dabei vollkommen wach zu sein und mich einzulassen auf das, was passiert. Ich beginne etwas wie Schreiben oder Illustrieren – und daraus entwickelt sich etwas Unerwartetes, Überraschendes, Positives, Zweifelndes. Was ich aber auch morgen wieder infrage stelle und neu*

beginne. Routiniert allerdings in der Sicherheit, dass es gelingt. Bin da sehr pragmatisch.
8. *Immer wieder. Auch heute. Bin noch lange nicht angekommen. Experimentiere derzeit mit mehr oder weniger überraschenden Ergebnissen.*
9. *Nein. Es gibt verpflichtende Reisen, die dennoch befreiend sind und Rollenspiele freisetzen können, die ich genieße. Und es gibt Urlaube in einer losgelösten Form, die vollkommen minimalistisch und ursprünglich sind, ohne jeglichen Anspruch. Die erholsamsten, die ich je gemacht habe.*
10. *Eine Frage, die ich mir immer wieder neu beantworte. Im Moment? Bei mir zu sein. Privates Glück. Mich einlassen zu können und zu wollen und auf ein Gegenüber zu treffen, bei dem ich mich fallen lassen kann, dem ich vertrauen kann. Jemandem zu begegnen, der sich selbst auskennt und dadurch eine Begegnung entsteht, die wach, sorgfältig und interessant ist.*

Lieber Viktor, auch Ihnen eine gute Nacht.
Lieben Gruß
Florentina

Florentina spürte ein Sträuben in sich aufsteigen, einen Widerwillen, dem sie dennoch trotzte.

Sie begab sich auf gefährliches Terrain, das ihr schon jetzt entglitt. Dennoch war es ein Bann, der sie fesselte, der sie vereinnahmte, der sie band und verpflichtete. Ein Bann, der sie Zeit und Kraft kosten würde. Dennoch, es war ein Spiel. Spielen jedoch hatte sie nie gelernt. Ihr fehlte die dafür erforderliche Leichtigkeit. Sie wollte diese Verbindung, gegen die sie sich auflehnte, die sie gleichzeitig aufbegehren ließ.

Beides sollte Viktor nie erfahren. Er würde lediglich Florentinas zweifelhaften Enthusiasmus erkennen, dem er sich geschickt distanziert entzog und nur gelegentlich hingab, um nach einer zeitlich verzögerten Reflexion die Reißleine zu ziehen. Florentina hatte diesen für sie kritischen Zeitpunkt längst überschritten. Sie war nicht mehr in der Lage, hier noch eine Grenze zu ziehen.

Fr. 13. Aug. 11.44 Uhr

Lieber Viktor,
bevor ich nun endgültig in den Tag draußen starte, meine Fragen für den Tag an Sie.

1. Welche Farben haben Ihre Socken/Strümpfe?
2. Wann schlafen Sie?
3. Sind Sie ein Spieler?
4. Welches Auto fahren Sie?
5. Haben Sie Prinzipien?

6. Sind Sie Nassrasierer?
7. Verlieren Sie sich in Tagträumen?
8. Haben Sie das Buch ‚Nachtzug nach Lissabon' gelesen?
9. Gibt es einen Lebensplan?
10. Können Sie gut mit sich und zu sich selbst sein?

Falls wir dieses Frage-und-Antwort-Spiel konsequent durchführen, dann sind das bis zum Donnerstag der kommenden Woche 120 Fragen und Antworten. Das sind sicherlich weit aus mehr, als sich die meisten Paare in 20 Jahren Ehe stellen und geben. ...
Hätte Lust, daraus ein Buch zu machen. Zumindest für den Hausgebrauch. Aber darüber können wir gern noch einmal sprechen.
Ich wünsche Ihnen einen schönen Feiertag. Haben Sie Zeit und Muße, ihn zu genießen?
Lieben Gruß
Florentina

Fr. 13. Aug. 17.33 Uhr

Liebe Florentina,
vielen Dank für Ihre heutigen Fragen.

1. Keine Socken, sondern Strümpfe. Anthrazit, Dunkelblau und Schwarz.
2. 23.30.
3. Nein.

4. *Porsche, Mini Cooper.*
5. *Ja, nicht so sehr formal, sondern inhaltlich i.S.v. Werten.*
6. *Ja.*
7. *Gelegentlich ja.*
8. *Ja.*
9. *Meine Vorstellung von Lebensplänen hat sich im Laufe meines Lebens geändert. Das Leben spielt oft anders als der Plan. Diese Häutungen sind ja oft sehr spannend. Ich versuche, gut in mich hineinzuhören, für Prozesse offen zu sein. Die Qualität dieser Bewusstseinsprozesse ist wichtiger als formales Planziel.*
10. *Ja. Gleichwohl ich mir oft zu viel zugemutet und zu wenig auf mich aufgepasst habe.*

Nun kommen meine neuen Fragen:

1. Was ist Ihre Lieblingsfarbe?
2. Was bedeutet für Sie Mode/Zeitgeist?
3. Wie gehen Sie mit Trauer um?
4. Wie gehen Sie mit Aufregung um?
5. Was ist für Sie Seelenverwandtschaft?
6. Tragen Sie Nagellack und in welchen Farben?
7. Wie weit können Sie springen?
8. Wenn Sie einen Roman schreiben würden, was wäre Ihr Thema?
9. Was berühren Ihre lebhaften Hände am liebsten?

10. Können Sie gut loslassen?

Wir haben uns da ein ziemliches Pensum vorgenommen, aber ich glaube, wir schaffen es!
Ich wünsche Ihnen einen schönen Abend.
Liebe Grüße
Viktor

Fr. 13. Aug. 21.38 Uhr
Lieber Viktor,
herzlichen Dank für die Antworten.
Ich komme soeben vom Training und bin kopf- und körperleer. Daher kommen meine Antworten morgen. Noch eine Bitte habe ich, da es jetzt ans ‚Eingemachte' geht, was zu vermuten war, würde ich gern zum ‚Du' übergehen.
Es würde mir leichter fallen, in dieser Anrede zu antworten. Ich hoffe, das ist kein Übergriff?
Aber bitte nur dann, wenn Sie sich dabei auch wohlfühlen.
Einen herzlichen Gruß und eine gute Nacht.
Bis morgen
Florentina

Fr. 13. Aug. 22.31 Uhr

Liebe Florentina,
im französischen Hochadel verwendet man die formelle Anrede bis zum Tod. Das hat auch seine spezifischen Reize. Aber Gott sei Dank gehören wir diesen Kreisen nicht an. Und natürlich freue ich mich über unser ‚Du'.
In unserem Quiz sind große Themen mit frechen kleinen Fragen gemixt, es ist plötzlich sehr vertraulich geworden, was ja nur an uns liegen kann. Scheue dich vor nichts zurück. Es gibt keine dummen Fragen. Prinzip absoluter Ehrlichkeit gilt, was sonst? Im Übrigen absolute Diskretion.
In aller Liebe: Die Himmlischen berichten mir, dass für dich jetzt die Schlafenszeit gekommen ist. Noch fünf Minuten lesen, dann Licht aus und sanft einschlafen. Ruf mich morgen kurz an, wenn du ausgeschlafen bist. Ich weiß ja nicht, wie lange du schläfst, ich habe meine morgigen Fragen schon fertig. Geht jetzt immer schneller. Deine waren extrem gut!
Gute Nacht und Umarmung
V

Florentina fühlte sich von Viktors Fragen angespornt, von seinen Antworten unterfordert. Seine Zurückhaltung in den Antworten war ein Affront gegenüber ihrer verletzlichen Offenheit, die sie sich selbst auferlegt hatte.

Was als Kennenlernen, das Schaffen von Vertrautheit vordergründig beabsichtigt war, entsprang Viktors Berechnung und ihrer Naivität. In weiten Teilen eine Analyse zweier Leben. Existenzielles auf dem Prüfstand. Auf der Suche nach dem Glück.
Es wurde zu einer grenzgängerischen Projektion, einem Kamikaze-Unternehmen. Der Willkür ausgesetzt.

Weitaus bedarfsorientierter setzte Viktor dieses Frage-und-Antwort-Spiel ein. Für ihn wurde es zu einem lebensnotwendigen Instrument. Ein Instrument, das Florentina überforderte. Ihr fehlten die strategische Professionalität, die so maßgebliche Minimierung und die Konzentration auf Unverfängliches. Je größer Viktors Zuspruch, desto ekstatischer ihre Fragen und weit darüber hinaus ihre Antworten. Es war einer der vielen unausgesprochenen und bis zur Unkenntlichkeit verkommenen Vertrauensmissbräuche.

Fragmente, die sich wie ein Puzzle zusammensetzten. Wobei jede Frage eine Antwort beinhaltete, ein Selbstzeugnis darstellte, ein Bekenntnis manifestierte, das Erwartungshaltungen schürte.
Die Antwort eine Offenbarung. Als Mittel der Annäherung, das weit über das Interesse in seiner

ursprünglichen Definition hinausgeht. Für beide galt die jeweilige eigene Deutungshoheit.
Es wurde ein Rausch, der zu einem nebulösen Ganzen führte mit einem Vakuum an Interpretationsmöglichkeiten. Es ermöglichte den Einblick in eine andere Welt, eine fremde Person ohne Konturen, ohne Gesicht bei gleichzeitiger Beschränkung der Annäherung.
Antworten als Spiegelbild der Protagonisten: Viktor der Asket. Florentina die Überbordende.
Es entstand ein Ungleichgewicht, das Viktor überrollte und Florentina defizitierte.
Dieser Mangel in seinem Überfluss auf der einen und in seiner seelenleeren, nach Bedürftigkeit schreienden Austerität auf der anderen Seite ließ eine Scheinwelt erwachsen mit dem Defizit eines enormen Klärungsbedarfs, den sich jedoch sowohl Florentina als auch Viktor verboten.

Es existierten nur das Hinnehmen, das Annehmen, das Bejahen, das Ignorieren. Ein Nachfragen glich einem Regelverstoß.
Aus der anfangs suggerierten Annäherung entstand eine Isolationshaft zweier Schiffbrüchiger – den Rettungsring immer vor Augen, nie aber das rettende Ufer.
Fr. 13. Aug. 23.05 Uhr
Lieber Viktor,

vielen lieben Dank für dein Entgegenkommen/Verständnis.
War diese Vertraulichkeit wirklich so überraschend?
Ich rufe dich morgen früh an.
Schlaf gut.
Ich fühle mich aufgehoben.
Florentina

Sa. 14. Aug. 11.22 Uhr
Guten Morgen, lieber Viktor,
hier meine Antworten zu deinen Fragen gestern, die ich schuldig blieb.

1. *Blau, bisweilen Schwarz, vor allem aber Nachtblau.*
2. *Beide Begriffe werden inflationär benutzt. Ich habe im Laufe der Zeit meinen eigenen Stil entwickelt.*
3. *Ich ziehe mich zurück. Lasse den Schmerz zu, spüre ihn auch körperlich bis in die Fingerspitzen. Versuche, zu begreifen in der Hoffnung, gestärkt daraus hervorzugehen.*
4. *Aufregung kenne ich im eigentlichen Sinne nicht mehr. Ich bin da eher gelassen. Gehe auf Distanz. Vieles relativiert sich da schon im Ansatz. Allerdings beim Autofahren rege ich mich immer noch auf.*

5. *Seelenverwandtschaft ist eine Stimmigkeit, etwas, was sich richtig anfühlt. Sensibilität, Respekt und Verstehen des anderen.*
6. *Ja, transparent weißen. Am Abend auch roten.*
7. *Über 4 m, allerdings im Training.*
8. *Eine Begegnung zwischen Gandhi und Che Guevara.*
9. *Materialien wie Holz, Stein, Stoff, Papier und meine Liebsten.*
10. *Ja.*

Werde mir noch einen Tee machen und dich dann anrufen.
Freue mich auf dich.
Bis gleich
Florentina

Spätestens hier war eine Grenze überschritten. Florentina war sich dessen bewusst. Schon jetzt hatte es eine Form der Verschwörung angenommen, die sie von der Außenwelt abnabelte. Es entstand eine Parallelwelt in der Isolation, die gleichzeitig ihre Leere füllte. Sie würde darüber zu niemandem sprechen können. Es war zu absurd. Zu absurd für ihr Verständnis von Normalität, die ihr Leben bestimmte. Der Reiz des Neuen, des Anderen faszinierte sie ebenso wie es sie abschreckte.

Florentina ahnte die Überflüssigkeit dieser Art der Kommunikation. Sie würde nichts ersetzen und nichts ersparen. Es würde kein Ergebnis geben. Ihr war längst klar, Viktor nur so halten zu können. Am Leben und in ihrem Leben. Sie gefiel sich in der von ihr angenommenen Opferrolle, die sie liebend gern Viktor übertrug und damit alles rechtfertigte.

Viktors Fragen waren eher Fragen der Beliebigkeit, weit weniger absichtsvoll, als es Florentinas waren. Sie brachten ihn durch die Nacht. Und nur zu diesem Zwecke waren sie angelegt. Doch blitzte hin und wieder jene Suggestion auf, auf die sich Florentina in aller Ausführlichkeit einließ, in der sie sich gefiel und viel zu spät bereute. Dabei verausgabte sie sich und vergab die Chance auf ein Weiter, ein Näher. So glaubte sie in der Rückschau. Doch auch hier irrte sie.
Er verlangte von ihr eine Reflexion seiner Situation. Florentina spürte dies, ließ sich darauf ein, überspitzte und überzog in einem Maße, das Viktor irritieren und abschrecken sollte.

Viktors Antworten waren pointiert, klar und auf ein Minimum beschränkt. Florentinas dagegen ausschweifend und narrativ. Eine Gratwanderung zwischen Selbstdarstellung, Absichtserklärung und

Realitäten vorwegnehmend. Damit hatte sie bereits verloren.

Viktor reflektierte die Vergangenheit, beschrieb seine Welt, seine Sichtweise seiner Welt. Florentina die Zukunft, ihre Vorstellung einer gemeinsamen Welt. Getragen von ihrer Welt, die mehr Leben, mehr Zukunft und eine größere Leichtigkeit versprach. Es würde mehr Sinn machen, war sie überzeugt. Ihre Antworten waren eindeutige Signale. Da gab es kein Missverstehen.
Viktor spürte dies. Noch war er jedoch an Florentina, ihre Fragen und Antworten gebunden. Eine temporäre Abhängigkeit, wie sich zeigen sollte. Bei Viktor. Ganz anders bei Florentina.

In der Nähe, der Vertrautheit, der Gemeinsamkeit sollte es keinen Gegenzug geben, kein Aufrechnen und kein Abrechnen. Es gilt, nichts aufzuwiegen. Kein Mein, kein Dein, kein Ich, kein Du. Nur noch ein einziges Wir.
Dies sind die Verlogenheit und Verlockung der Liebe in ihrer Kühnheit und Unbekümmertheit. Es ist Liebe in ihrer Reinheit. Erst in der Rückschau verkehrt sich diese Phrase zu einer vernichtenden Lebenslüge.
Erst wenn sich aus all den Puzzles ein Ganzes bildet. Wenn sich das Erlebte dem Erschrecken stellt.

Wenn Mein und Dein, Ich und Du in ihre Stofflichkeit zerfallen, wenn die Deutungshoheit zurückkehrt, wenn das Erkennen an Stelle der Kenntnisnahme tritt. Dann, erst dann wird die Vorherrschaft ersichtlich.

Sa. 14. Aug. 16.29 Uhr
Lieber Viktor,
geht es dir besser?
Fühle mit dir.
Es war ein schöner Start in den Tag. Ich genieße das sehr.
Hier noch meine Fragen für heute:

1. Was bedeutet Glück für dich?
2. Wie wichtig sind dir Männerfreundschaften?
3. Pflegst du Freundschaften zu Frauen?
4. Empfindest du Schweigen als unangenehm?
5. Wie viel Nähe lässt du zu?
6. Gibt es einen Platz/Ort, an den du dich zurückziehen kannst?
7. Was bedeutet Treue für dich?
8. Trägst du generell braune Schuhe oder farblich abgestimmt auf die Kleidung?
9. Trägst du ein Portemonnaie bei dir?
10. Auf was könntest du im Alltag verzichten und auf was nicht?

Fühle dich bitte nicht verpflichtet, diese heute zu beantworten, wenn du dich lieber ausruhen und schlafen möchtest.
Das hat eindeutig Priorität. Würde ungern auf den Donnerstag verzichten.
Dir alles Liebe und gute Besserung
Florentina

Sa. 14. Aug. 19.33 Uhr
Liebe Florentina,
hier meine Antworten:

1. *Alles. Glück ist ein Wunder. Man hat keinen Anspruch darauf. Es ist wie eine göttliche Fügung. Meine an sich große Glücksfähigkeit wurde trotz aller Erfolge sonst im Leben drei Mal massiv getroffen. Aufgrund meiner Vulnerabilität waren die Konsequenzen weittragend.*
2. *Ich mag den Begriff ‚Männerfreundschaften' nicht. Ich habe 5/6 erstklassige Freunde, auf die ich mich in jeder Lage verlassen konnte.*
3. *Da mir die weibliche Intelligenz sehr nahe ist, habe ich immer das Gespräch mit gescheiten Frauen gesucht.*
4. *Es wird zu viel geredet. Schweigen kann eine wunderbare Form der Verständigung sein.*
5. *Wenn man einen Menschen liebt, jedwede.*
6. *Ja.*

7. *Treue ist das Fundament.*
8. *Farblich abgestimmt. Eher schwarz.*
9. *Nein. Furchtbar.*
10. *Ich habe eine große Entrümpelungsaktion gemacht und mich von allem getrennt, was ich nicht brauche, auch von dem schönen Haus am Neusiedlersee. Auf mein sehr schönes Büro und die Wohnung möchte ich nicht verzichten.*

So, das habe ich während des Essens geschrieben.
Hast du die Zitrone ausgedrückt? Das brauchst du für deine Stimme!
Vielleicht schaffe ich die Fragen noch.
Alles Liebe
V

Florentina und Viktor gehörten verschiedenen Welten an. Viktor lediglich einer mit Kontinuität und abgeschirmtem Habitus. Nur in ihr besaß er die Größe und Freiheit, sich zu bewegen. Es war die des Großbürgertums, der feinen Künste, der Kultur, des Erfolges, der Tradition. Dieser Kokon umspann ihn und hielt ihn. Nur so hatte er bislang überlebt.

Florentinas Leben dagegen fand in mehreren Welten statt. Sie hatte sich immer wieder gehäutet.
Ihre zunächst geglaubte Heimat der Kindheit hatte sie verlassen. Sie sollte zahlreich

aufeinanderfolgende ersetzen, in die sie sich einfügte und sich zu eigen machte. Eine wirkliche Heimat, wie sie Viktor als solche verstand, hatte es für sie nie gegeben. Sie hatte sich immer wieder ein zeitlich begrenztes Zuhause geschaffen, das ihren Lebensphasen entsprach. Die jeweiligen Abschiede davon waren ihr nicht schwergefallen. Ihr Leben glich einem Episodenfilm, in dem immer eingestreut der Abspann lief. Oft hatte sie ihn herbeigesehnt. Ihr Leben war ein permanenter Neuanfang, ein sich immer wieder Neuerfinden.

Für Viktor war ein derartiges Leben unvorstellbar. Er brauchte diese dauerhafte Stabilität als Netz, als Lebenselixier. Jedes Ende einer Lebensphase, das nie von ihm eingeläutet wurde, kam einer vernichtenden Niederlage gleich, die es mit aller Macht zu verhindern galt.

So wurde das Leben zu einer permanenten Zerreißprobe mit nicht heilenden Wunden. Jetzt, da seine Heimat unwiederbringlich verloren schien, man sie ihm, wie er es sah, auf brutalste Weise genommen hatte, fehlte ihm ein Zuhause. Er selbst konnte es sich nicht schaffen. Familiäre Zerwürfnisse betrachtete er als persönliches Scheitern mit gleichzeitiger Schuldzuweisung auf die anderen.

Seine Suche nach einer neuen Heimat, neuen Wurzeln waren ambivalent und missbräuchlich. Immer die Form und die Distanz wahrend. Für Florentina war dies weder abzusehen noch einzuschätzen.

Sa. 14. Aug. 20.26 Uhr
Liebe Florentina,
hier kommen meine nächsten Fragen:

1. Woran erkennst du Menschen?
2. Erkennst du Menschen auf den ersten Blick?
3. Kannst du Menschen öffnen, und wenn ja, wodurch?
4. Bist du in deinem Leben immer verstanden worden?
5. Hast du schon einmal das Gefühl der Einsamkeit gehabt und wie bist du damit umgegangen?
6. Ist dein Grundwesen heiter?
7. Tanzt du gerne?
8. Was ist dein Lieblingsobst?
9. Trägst du kurze oder lange Haare?
10. Was ist für dich Heimat?

Ich wünsche dir, liebe Florentina, noch einen ganz schönen Abend. Bin immer noch etwas schwach und versuche, bald zu schlafen, um Kraft zu tanken.
Alles Liebe
Viktor

Sa. 14. Aug. 21.14 Uhr

Lieber Viktor,
die großen Themen werden immer größer. ...
Schlaf gut. Es wird dir sicherlich helfen, dich besser zu fühlen.
Ich denke an dich.
Florentina

Sa. 14. Aug. 21.41 Uhr

Liebe und hochverehrte Florentina,
Schlafen allein hilft nichts, wir brauchen Florentina-Fragen, sonst können wir gar nicht schlafen. Das scheint eine Sucht zu sein, weil deine Fragen so gut sind – eben Florentina!
Liebe Florentina, deine Fragen werden schon zu deinen Lebzeiten zu einer Legende!!!!!
Bravissimo!!!!!!
Ich gebe dir einen Gutenachtkuss und denke an dein Glück!!!!

Sa. 14. Aug. 22.07 Uhr

Hier sind sie!
Und mehr als vereinbart. Sorry. Aber es gibt so vieles, was ich wissen möchte.

1. Welche Menschen oder welcher Mensch stehen/steht dir am nächsten?
2. Was ist deine größte Schwäche/deine größte Stärke?
3. Kennst du das Gefühl, dich selbst verraten zu haben?
4. Kannst du dir jetzt in diesem Moment einen Spaziergang mit mir barfuß am Strand vorstellen bei wolkenverhangenem Himmel und mäßigen Temperaturen?
5. Wie startest du einen ganz normalen Tag? Positiv, mürrisch, gleichgültig, gespannt, entspannt?
   …
6. Wenn du zwischen deinem Beruf und deiner Musik entscheiden müsstest?
7. Glaubst du, du bist ein Vorbild für deine Kinder?
8. Projizierst du Wünsche und Vorstellungen, die du dir nicht erfüllt oder verweigert hast, auf deine Kinder?
9. Wärest du ein guter Großvater?
10. Kennst du das Gefühl der Selbstzweifel?
11. Wie sehr bist du abhängig vom Urteil anderer?
12. Kannst du gut allein sein?
13. Wie sehr vertraust du deiner Intuition?
14. Was ist dein Lieblingsgericht?
15. Gibt es Situationen oder Momente, die dich zum Weinen bringen – aus Freude oder Trauer?
16. Kannst du verzeihen, auch dir selbst?
17. Welche Jahreszeit magst du am liebsten?

18. Fällt es dir schwer, dich zu entschuldigen?
19. Bist du eitel?
20. Hast du ein Lebensmotto?
21. Was wären die Big Five in deinem Leben?
22. Welchen Traum möchtest du dir erfüllen?

Die Antworten auf deine Fragen folgen.
Ist schon ein bisschen ein Rausch. Auch ich habe gestern noch jegliche Sucht verleugnet. ... Bin mir da inzwischen nicht mehr so sicher.
Du denkst an mein Glück? Wie könnte das aussehen?
Auch dir eine innige Umarmung
Florentina

Sa. 14. Aug. 22.41 Uhr
Jetzt meine Antworten:

1. *Es gibt bestimmte Raster, die sich auf bestimmte Typen von Menschen festlegen lassen. Da habe ich inzwischen einen guten Instinkt entwickelt. Ich achte speziell auf die Haltung, die Augen, die Form der Hände und einen direkten Augenkontakt. Nur die wenigsten können den halten.*
2. *Inzwischen ja. Und werde mir dabei immer sicherer. Der erste Eindruck ist entscheidend. Ich kann mich da ganz gut auf mich verlassen oder sollte es.*

3. *Ja. Ich höre zu, gehe auf sie ein. Und erfahre so die tollsten Geschichten, schöne, leise und sehr traurige. Das ist eine längere und andere Geschichte, die ich dir einmal erzählen werde.*
4. *Nein, bis heute nicht. Ohne arrogant wirken zu wollen, aber es gibt nur wenige Menschen, die mich komplex verstehen. Ein Prozess, der derzeit reift. Überraschenderweise sehr verbindend und Frieden schließend. Auch dieses ist eine andere Geschichte.*
5. *Ich kenne das Gefühl des Allein-Gelassen-Seins oder -Werdens. Wirklich einsam war oder bin ich nicht, aber oft allein. Obwohl ich sehr gut mit mir allein sein kann. Allerdings ist dieses dann ein Bedürfnis und keine den Umständen geschuldete Notwendigkeit.*
6. *Prinzipiell ja. Wobei ‚heiter‘ hier vielleicht nicht der richtige Begriff ist. Ich bin positiv, konstruktiv, suche nach Lösungen, kann mich aufrichtig freuen und denke, es wird schon gut gehen. Habe da ein gewisses Gottvertrauen gewonnen. Ich schätze die guten und glücklichen Momente. Da gibt es eine große Wertschätzung.*
7. *Schon.*
8. *Mein Lieblingsobst sind ganz banal gut schmeckende Äpfel. An apple a day. ...*
9. *Mittellang.*
10. *Heimat gehört derzeit zu den Themen, die ich klären möchte.*

Ziemlich viel Stoff für einen Abend und einen grippal Infizierten. Ich hoffe, ich überfordere dich nicht. Hatte dich gewarnt, dass ich auch intensiv sein kann. Zumal dann, wenn man mir eine derartige Spielwiese offeriert.
Würde dich gern noch einmal hören, aber wahrscheinlich ist es besser, dich schlafen zu lassen. ...?
Ich wünsche dir eine gute Nacht und freue mich auf dich, morgen?
Florentina

So. 15. Aug. 00.56 Uhr
Liebe Florentina,
diese Vertraulichkeit war keineswegs überraschend. Als ich deinen ersten Brief las, ahnte ich, wer du bist. Alle unsere kleinen SMS, dann E-Mails, Quizfragen haben ein Ziel, dass wir uns näherkommen. Das ist wie ein Puzzle, nicht einfach zu legen.
Die Knoblauch-Frage: Mir war klar, dass du mit K. kochst. Leute, die K. ablehnen, sind meist ziemlich militante Spießer, die von Genuss nichts verstehen. Ich habe es gleichwohl etwas humoristisch in das Quiz eingestellt.
Die Nassrasiererfrage von dir ... ist eine Typfrage. Ein Behördenleiter im beigen Anzug wird sich wahrscheinlich trocken rasieren. Gleiches gilt für die Socken-/Strümpfe-Frage. Das sind Fragen der Geschmackssoziologie. Dir war klar, dass ein Herr

Strümpfe trägt. Trotzdem hast du die Frage mit einer winzigen Provokation ins Quiz eingegeben.

Diese leichten Fragen (auch: Lieblingsfarbe? Tragen Sie Nagellack? Wie weit können Sie springen?) sind eingestreut in die großen, die man sicherlich in diesem Medium nur ansatzweise berühren kann. Aber dafür gibt es ja dann die Gespräche, auf die ich mich so sehr freue.

Wenn du mir mit dem letzten Satz schreibst, dass du dich aufgehoben fühlst, dann macht dies auch mich glücklich.

Jetzt die Fragen:

1. Bist du nach irgendwelchen Dingen süchtig?
2. Ist Liebe Sucht?
3. Wodurch zeichnet sich Sehnsucht aus und wieso ist Sehnsucht so schmerzhaft?
4. Was würdest du für deine große Liebe tun, auch wenn sie kein großes Auto fährt?
5. Wer ist größer von uns beiden? Ich bin 1,82 m.
6. Können wir uns am Donnerstag im Parkhotel 19.30 auf Augenhöhe begegnen? Nur eine technische Frage, ich schaue auch liebend gern zu dir auf.
7. Stell dir vor, du seiest ein junges Mädchen und hättest die Aufgabe, deinem jetzigen Leben einen Idealplan zu geben? Wie sähe der aus?

8. Nun soll ein Idealmann gefunden werden. Welche Kriterien (außer Nassrasierer) sind wichtig?
9. Wann bekomme ich endlich die Erbsensuppe?
10. Kannst du Auto fahren, und fühlt man sich da auch auf längerer Strecke sicher? (Ich habe einige geniale Freunde, die können das nicht.)

Liebe Florentina, ich freue mich sehr, wenn du morgen anrufst. Mich kannst du ja 24 Stunden erreichen. Habe in meiner neuen Wohnung auch einen Festnetzanschluss. Nummer muss ich noch ermitteln. Wohnung wird im September fertig, wenn das Haus am Neusiedlersee verkauft sein wird.
Wie dein schönes Erkennungszeichen technisch funktioniert, musst du mir noch mal erklären.
Ich reiche dir heute Nacht meine linke Hand. Die kommt von Herzen.
Viktor

Diese Intensität glich einem Strudel, der nicht mehr zu stoppen war. Florentina war eine Getriebene in einem Spiel der scheinbaren Willkür, der Zufälligkeiten, die längst einer verräterischen Absicht glichen, der sie sich nicht mehr entziehen konnte. Es war eine dieser immer wieder entstehenden Hingaben, der sie sich nie entzogen hatte. Sich dem zu verweigern, entsprach nicht ihrem Selbstverständnis. Diese Stärke besaß sie nicht.

So. 15. Aug. 09.30 Uhr
Liebe Florentina,
hier bin ich wieder. Habe meinen Unterricht abgesagt, weil ich noch Schüttelfrost und Gliederschmerzen habe.
Ich versuche, deine Fragen zu beantworten:

1. *Meine Kinder, meine Schwester Gabriela und mein Klavierlehrer Max Goldmann.*
2. *Meine Verletzbarkeit. Großzügigkeit.*
3. *Ja.*
4. *Trotz Schüttelfrost liebend gerne.*
5. *Entspannt, gelegentlich nachdenklich.*
6. *Beides gehört zusammen.*
7. *Ich habe Vorbildfunktion für meine Kinder, Phasen des Scheiterns haben sie mit unglaublicher Liebe beantwortet.*
8. *Ich finde Projektionen problematisch. Sie sind herrlich frei, nehmen aber viel an Gedanken auf.*
9. *Ja.*
10. *Ja, mehr als genug.*
11. *Es gibt Menschen, deren Urteil mir sehr wichtig ist, ohne dass ich davon abhängig bin.*
12. *Ja.*
13. *Ausschließlich.*
14. *Tiroler Brezensuppe.*
15. *Ja. Am liebsten vor Freude.*

16. Ja. Mir selbst nur schwer.
17. Herbst.
18. Überhaupt nicht.
19. Nein. Das ist eine dumme Eigenschaft.
20. Panta rhei: Alles fließt.
21. ...
22. Glücklich zu werden.

Zum Thema Glück: Das ist eine archaische Dimension. Nicht planbar. Es trifft einen wie der Schlag aus heiterem Himmel. Die Welt sieht dann insgesamt anders aus. Glück ist Vollendung.
Ganz liebe Umarmung
Viktor

So. 15. Aug. 11.22 Uhr
Lieber Viktor,
es tut mir leid, dass es dir nicht wirklich besser geht. Vielleicht solltest du einen Arzt aufsuchen. Umso mehr weiß ich die Antworten auf meine vielen Fragen zu schätzen. Sie gefallen mir sehr gut, wobei es darauf nicht ankommt. Aber es ist halt schön, darüber eine gewisse Übereinstimmung und Nähe zu spüren.
Ich habe bis kurz vor elf herrlich geschlafen.
Glaube, seit meiner Jugend nicht mehr so lange.
Werde jetzt noch einmal eine heiße Zitrone trinken und mich langsam in den Tag bewegen.

Versuche, noch zu schlafen und dich auszuruhen.
Melde dich, wenn dir danach ist. Ich möchte dich nicht aufwecken, falls du schläfst.
Habe unser nächtliches Telefonat sehr genossen und empfunden. Ich liebe es, deine Stimme zu hören. Du könntest mir auch das Telefonbuch vorlesen. Ich würde zuhören.
Von Herzen einen lieben Gruß und gute Besserung
Florentina

So. 15. Aug. 13.46 Uhr

Lieber Viktor,
war schön, dich zu hören, wenn auch weniger schön derart angeschlagen.
Danke, dass du dennoch den Wunsch und die Energie hast, mit mir zu sprechen und schreiben zu wollen. Ich empfinde das als große Wertschätzung, und es macht mich schon auch glücklich.
Glück ist sicherlich nicht planbar. Voraussetzung für Glück ist aber auch die Öffnung dafür. Das Sicheinlassen darauf, und sei es nur für einen Moment.
Ich schicke dir noch meine Fragen für den Tag. Ich vermisse sie jetzt schon.
Bitte antworte nur dann, wenn du dich dazu in der Lage fühlst.

1. Führst du Selbstgespräche?

2. Betrachtest du dich hin und wieder aus der Distanz? Wie siehst du dich in diesen Momenten und was/wen siehst du? Bist du da mit dir im Reinen?
3. Verhältst du dich anders im Zusammensein mit Männern als mit Frauen?
4. Ist dein Verhalten deinen Mitarbeitern gegenüber eher hierarchisch oder flach?
5. Was ist für dich eine ‚echte' Frau?
6. Was heißt für dich Hand in Hand?
7. Wie wichtig ist für dich körperliche Nähe?
8. Träumst du? Gibt es einen Traum, der immer wiederkehrt?
9. Was ist Liebe für dich?
10. Glaubst du an Schicksal, Fügung, Inshallah? ...

Fühl dich umarmt.
Florentina

So. 15. Aug. 15.21 Uhr

Liebe Florentina,
danke für deine liebevolle Anteilnahme. Mit der Öffnung für das Glück hast du recht.

Nun meine Antworten:
1. *Nein.*
2. *Ich kann mich gut reflektieren. Selbstkritisch. Manche Entwicklungen in der Vergangenheit*

bedaure ich sehr. Ich bin dabei mit mir weitgehend im Reinen, auch wenn es Verluste gibt, die ich immer noch nicht verstehe.
3. *Mein Verhalten ist grds. gleich. Die Inhalte, die man austauscht, sind unterschiedlich.*
4. *Wir arbeiten im Team. Als ich 25 Jahre eine große Firma leitete, galt für mich der charismatische Führungsstil.*
5. *Eine Frau mit Wärme und weiblicher Intelligenz.*
6. *Ergänzungen.*
7. *Bei einem Menschen, den ich liebe, sehr.*
8. *Zu wenig. Z. Z. kein wiederkehrender Traum.*
9. *Das unbedingte Verlangen nach einem Menschen. Absolutes Verstehen.*
10. *Ich habe mein Schicksal nicht immer verstanden. Mit Sicherheit gibt es Fügungen, mit denen man nicht gerechnet hat.*

Fühl dich auch umarmt.
Viktor

So. 15. Aug. 19.15 Uhr
Lieber Viktor,
danke für dein Vertrauen und deine Offenheit, die mich sehr berühren, da an vielen Stellen doch auch immer noch Enttäuschung und Irritation über das Gewesene mitschwingen.

Ich wünsche dir von Herzen, dass du Frieden schließen kannst. Dies ist sicherlich Voraussetzung für ein glückliches und befreites Leben.
Freue mich auf deinen Anruf.
Bis später
Florentina

Mo. 16. Aug. 01.24 Uhr
Cara Florentina,
vielen Dank für das schöne Gespräch. Ich finde, dass wir völlig angstfrei miteinander reden. Ich hätte mich gern noch zwei weitere Stunden mit dir unterhalten. Es ist eigentlich nicht Angst gewesen, sondern Scheu. Das ist eine romantische Dimension. Ich denke an dich.
Viktor

Mo. 16. Aug. 10.28 Uhr
Liebe Florentina,
mir geht es nicht gut. Ich war gerade eine Stunde bei meinem Psychiater, der mir eröffnete, dass ich an einer massiven Depression leide und umgehend stationär, d.h. in einem Krankenhaus, versorgt werden müsse. Es tut mir wahnsinnig leid, dass ich deshalb am Donnerstag nicht kommen kann.
Mit herzlichen Grüßen
Viktor

Die Absurdität wollte es, dass Viktor in seiner Welt aus Dunkel, Schleier, Euphorie, Verletztheit und Aufbegehren weitaus eingebetteter war, als es Florentina je in ihrem Leben gewesen sein konnte. Ihre Sicherheit fußte auf der trügerischen Erkenntnis und der oberflächlichen Erfahrung, dass sie sich auf sich verlassen können würde. Gleich, wie viel Kraft sie dafür aufzubringen hatte.

Viktors Leben dagegen, seine Abstürze, sein Enthusiasmus, seine Niedergeschlagenheit, seine Enttäuschung, seine Verletztheit, seine Traurigkeit umspannten ein professionelles Netzwerk, das ihn jederzeit sicherte. Florentinas Hilfsmittel waren begrenzt. Seine unendlich und von höchster Qualität und Professionalität.

Florentina verfiel in eine Schockstarre. Aufgelöst in eine Mixtur aus Mitleid und Selbstmitleid. Jene Mischung, die sie zu Hochform auflaufen ließ. Weg von ihr und hin zu ihm. Sie machte ihn sich zur Aufgabe. Ungeachtet Viktors Präferenzen.

Damit durchbrach sie den für Viktor beabsichtigten und von ihm kontrollierten Ablauf dieses Prozesses. Viktors Absturz bewirkte Florentinas Triumphzug. Sie begab sich in eine der ihr aufs Beste vertrauten Rollen ihres Lebens. Sie war darin geübt. Unzählige Male. Doch genau an dieser Stelle sollte sich ihr Weg gabeln.

Die Sicherheit, die Florentina glaubte Viktor geben zu können, löste bei Viktor ein Höchstmaß an Unsicherheit und Übergrifflichem aus.
Doch auch dies sollte sich erst später herausstellen.

Mo. 16. Aug. 11.59 Uhr
Lieber Viktor,
war wohl doch ein bisschen schockiert und hektisch. Ich wollte nur, dass dich die Nachricht noch erreicht. …?
Entschuldige bitte.
Ich habe jetzt eine Runde um den Block gemacht und bin wieder klar. Daher noch einmal auf Anfang.
Ich weiß nicht, wann dich diese Nachricht erreicht, aber sie hat Bestand zu jeder Zeit.
Es ist mir ein großes Anliegen, dir zu sagen, dass es mich sehr berührt, was da mit dir geschieht und in dir vorgeht. Ich habe gestern Abend gespürt, dass es dir nicht gut geht.
Ich bin mit dieser Thematik vertraut, nicht ich persönlich, aber aus meinem nahen Umfeld. Ich habe da keine Berührungsängste. Ich weiß um die Möglichkeit, diese Krankheit in den Griff zu bekommen und ein reiches Leben führen zu können. Wenn auch achtsam und bewusst.
Ab dem 28. oder 29. August bin ich eine Woche bis zu dem folgenden Wochenende (04./05.09.) in Wien auf einer Messe und wohne bei meinen Freunden.

Ich wäre auch bereit, zu jedem anderen Zeitpunkt da zu sein, wenn du es möchtest und die Ärzte es erlauben.
Das ist jetzt eine emotionale Entscheidung, aber eine verlässliche.
Ich wäre gern für dich da. Es reicht bei mir auch für weniger gute Tage. Aber das entscheidest du.
Ich wünsche dir von ganzem Herzen viel Kraft und einen starken Willen.
Ich denke an dich und umarme dich ganz herzlich.
Florentina

Mo. 16. Aug. 13.17 Uhr

Liebe Florentina,
vielen Dank für deine Schreiben. Ich gehe morgen in die Klinik. Ich weiß noch nicht, wie lange ich bleiben muss. Würde mich freuen, dich in Wien zu sehen.
Vielen Dank für allen Zuspruch.
Mit herzlichen Grüßen
Viktor

Mo. 16. Aug. 14.15 Uhr

Lieber Viktor,
sehr gerne.
Sag mir zu gegebener Zeit, wann und wo das möglich ist. Ich werde in der Woche mit dem Auto in

Wien sein, bin also flexibel auch außerhalb der Stadt.
Falls du sprechen möchtest, ich sitze ab heute Nachmittag an meinem Schreibtisch.
Da ich aus der Ferne nicht einschätzen kann, was richtig oder falsch ist, was dir guttut oder belastend ist, überlasse ich es dir, dich zu melden, wann und wie immer du möchtest. Ich freue mich jederzeit über ein Zeichen von dir. Verstehe aber auch, wenn das eine gewisse Zeit nicht möglich ist. Fühl dich frei darin.
Ich möchte noch einmal betonen, dass deine aktuelle Disposition für mich in der Begegnung mit dir nichts ändert.
Vielleicht führen wir auch wieder das Briefeschreiben ein. Ich würde mich gern darauf einlassen.
Hab Geduld und denk jetzt an dich. Sei gut zu dir und geh behutsam und wohlwollend mit dir um. Es könnte ein Neuanfang sein.
Und wenn der Herbst deine liebste Jahreszeit ist, wie du schreibst: Der kommt gerade erst.
Auch ich liebe das Licht im Herbst. Es ist ein warmes und sanftes. Vielleicht können wir sogar hin und wieder ein paar Strahlen gemeinsam davon abbekommen. Wer weiß.
Von Herzen einen lieben Gruß
Florentina

Mo. 16. Aug. 20.55 Uhr

Liebe Florentina,
bin jetzt doch schon heute Abend in der Klinik einpassiert. War kein guter Tag. Muss jetzt auch gleich mein Handy abgeben, um ganz zur Ruhe zu kommen.
Ganz herzlichen Dank nochmals für deine gedankliche Fürsorge.
Sehr herzlich
Viktor

Der Boden für Florentinas Fürsorgebereitschaft war gelegt. Dieser Impuls war ihr vertraut. Das war ihr Terrain. Hier konnte sie sich betätigen. Von ihr weg und zu ihm hin. So schien es. Sie war in dieser Rolle sicher und souverän. Viktor sollte dies sehr schnell erkennen. Er ahnte diese Projektion, wie er es später benennen sollte. Darüber konnte auch ihr überbordender Eifer nicht hinwegtäuschen. Ihr Leben fand in ihrer konstruierten Zweisamkeit nicht mehr statt. Hatte es nie und sollte es auch nie. Die Schizophrenie einer Geschichte ohne gelebten Inhalt, ohne wirkliche Absicht war in vollem Gange und drückte ihr einen brennenden Stempel auf. Er würde nie wieder aufgebrochen werden.

Di. 17. Aug. 08.56 Uhr
Lieber Viktor,
alles erdenklich Gute zu deinem Geburtstag.
Auch wenn der Gruß dich heute nicht erreicht ...
Ich bin in Gedanken bei dir.
Florentina

Di. 17. Aug. 23.46 Uhr
Liebe Florentina,
ich habe mir mein Handy einfach in einem günstigen Moment geholt und Tränen vergossen, als ich deinen Text las. Auch was du in den anderen Mails geschrieben hast, war sehr warm und gut strukturiert. Es wird mir hier alles verabreicht, was zur Bekämpfung einer Erschöpfungsdepression notwendig ist.
Ich freue mich auf den Herbst. Da können wir ja auch Strandspaziergänge machen, wenn du dich traust, aber bitte an der Nordsee.
Ich umarme dich und wünsche dir eine gute Nacht!
Viktor

Do. 19. Aug. 14.49 Uhr
Liebe Florentina,
man hat mir kurz das Handy gegeben. Nach meinem unerlaubten Übergriff war es jetzt weggeschlossen. Werde sehr gut betreut. Die Medikamente wirken auch schon. Wahrscheinlich komme ich Anfang der

36. Woche aus der Klinik. Ich bin dann noch nicht ganz gesund, aber ich würde mich von Herzen freuen, dich in eines meiner Lieblingslokale auszuführen. Das wird ja spannend! Wie funktioniert dein Erkennungszeichen? Aber wahrscheinlich brauchen wir das gar nicht.
Ich habe – anders als sonst – im Moment keine Kraft, Fragen zu stellen. Da der ansatzweise Suchtcharakter unserer Fragen/Antworten auch in der Klinik nicht abgeschwächt ist, bitte ich dich um wohlwollende Prüfung, ob du geneigt wärest, mit weiteren Fragen in ‚Vorleistung' zu gehen. Mit 2/3 wäre ich vollauf zufrieden.
Fühle dich umarmt.
Viktor

Do. 19. Aug. 20.37 Uhr
Lieber Viktor,
bin jetzt endlich zu Hause angekommen.
Schon seit dem Nachmittag freue ich mich darauf, deine Nachricht in Ruhe zu lesen und dir ausführlicher zu antworten.
Es ist immer wieder ein Glücksmoment, von dir zu hören. Ein Wohlgefühl, das ich mir gern bewahren möchte. Es fühlt sich gut an.
Es tut auch gut zu hören, dass du dich gut aufgehoben fühlst und auch schon eine Besserung zu erkennen ist. Ich fühle mit dir und weiß, dass dies keine

einfache Zeit für dich ist. Aber vielleicht eine wichtige. Du weißt liebe Menschen um dich, die an dich denken wie deine Kinder. Schöpfe daraus Kraft und den Glauben an dich. Auch ich habe dich als wunderbaren Menschen kennengelernt. Da ist eine große Wertschätzung.
Und noch einmal: Ich traue mich. Ich bin stark und zäh mit genügend Bodenhaftung. Da kann ich mich auf meine ‚Wurzeln' verlassen.
Es wäre wunderschön, wenn wir uns in Wien sehen, und natürlich nehme ich die Einladung sehr gerne an. Ich bin überzeugt, dass wir kein Zeichen mehr brauchen. Ein Blick reicht sicherlich aus. Und wenn ein Essen für dich zu anstrengend ist, dann reicht auch ein kurzer Spaziergang. Was immer für dich machbar ist und dir und uns guttut.
Auch ich vermisse unser Frage-und-Antwort-Spiel, deine Stimme, … aber bald werden wir dieses wieder haben und dann noch viel bewusster, weil wir es noch mehr zu schätzen wissen.
Ich stelle dir gern auch weiterhin meine Fragen, ohne dabei in Vorleistung gehen zu müssen. Wir haben es nicht nötig, irgendetwas aufzurechnen.
Für heute aber gibt es nur eine Frage. Ich werde mich dann peu à peu steigern. So kannst du dich langsam warmlaufen.

Lieber Viktor,
stell dir vor, wir haben einen langen Spaziergang am Nordseestrand gemacht. Eingepackt in warme Wolle und Wetterjacken. Es weht ein leichter Wind. Immer wieder bricht die Sonne durch die Wolken, die uns zusätzlich wärmt. Wir genießen den menschenleeren Strand und gehen Hand in Hand. Wir setzen uns in einen der Strandkörbe mit Blick auf die Wellen. Ich schließe die Augen und bitte dich, mir zu erzählen, was du siehst. Ich höre dir zu und werde die Augen erst dann wieder öffnen, wenn du aufhörst zu sprechen.
Was siehst du?
Ich umarme dich.
Florentina

Do. 19. Aug. 22.27 Uhr
Liebe Florentina,
ich habe meinen sehr netten Pfleger überreden können, mir das Handy trotz Schlafenszeit wegen einer dringenden persönlichen Angelegenheit auszuhändigen. Diese ‚dringende persönliche Angelegenheit' bist also du.
Du schreibst unglaublich schön, denkst an so vieles, denkst an den anderen und hast Fantasie, Gott sei Dank mit Bodenhaftung.
Du hattest recht, dass es bei mir ein Umbruch ist, der auch ganz neue Wege eröffnet. Ich werde dir

dieses im Zusammenhang erläutern. Ich hänge immer sehr an alten Bildern und leide darunter, wenn sie irreparabel zerstört wurden.
Für ein Essen werde ich stark genug sein. Auch für einen sich anschließenden Spaziergang.
Deine Frage hat schon absolut fortgeschrittenen Charakter und kann von einem Invaliden eigentlich gar nicht beantwortet werden. Du willst dich peu à peu steigern, und ich muss mich jetzt schon mehr als warmlaufen.

Antwort: Ich sehe und fühle ein Paradies, in dem wir verankert sind, spüre die zeitlose Urgewalt des Meeres, weiß, dass wir aus Demut vor dieser Situation schweigend Hand in Hand gehen, ich sehe, wie ich dir eine Geschichte übers Meer erzähle, du schläfst sanft ein, und ich würde dich auf die Augen küssen. ... Und wir würden in die Fluten gehen. Du hast ja gesagt, dass du dich traust. (Kannst du eigentlich schwimmen? Ich bin Gott sei Dank Rettungsschwimmer!)
Ich umarme dich auch, aber ein bisschen fester, wenn du dich traust!
Viktor

Spätestens an diesem Punkt begann ein gefährliches Spiel, das bereits verbale Formen annahm. Das immer konkreter und bedrohlicher wurde. Florentina

würde sich trauen. Viktor war sich dessen sicher.
Sie war bereit, sich all den Forderungen und Anforderungen zu stellen, ungeachtet ihrer Person, ihrer Anliegen, ihrer Wünsche und Vorstellungen. Ihre Hingabe war erschreckend abschreckend und für Viktor überbordend. Im Augenblick aber erfüllte diese Unterwerfung jenen Selbstzweck, der Viktor überleben ließ. Der ihm in all seiner Schwäche eine unangemessene Überlegenheit gab, die er rücksichtslos beanspruchte und einforderte.

Fr. 20. Aug. 00.18 Uhr
Lieber Viktor,
ich sehe dich keineswegs als Invaliden. Es tut mir leid, wenn ich zu weit gegangen bin mit meiner Frage. Das war nicht meine Absicht. Es ist eher aus einem romantischen Impuls heraus entstanden, der dir verdeutlichen sollte, dass da ein großes Vertrauen und Urvertrauen sind, die bei mir in den letzten 1 1/2 Wochen gewachsen sind.
Es ist auch nicht so, dass ich ein Ungleichgewicht herstellen, sondern dir lediglich verdeutlichen wollte, dass es da eine Nähe und Zugewandtheit gibt, die bedingungslos und vollkommen rein und klar ist.
Du hast mich gefragt, was ich für meine große Liebe tun würde. Und ich habe geantwortet, bedingungslos alles, wenn ich mich nicht verliere. Ich möchte nicht

anmaßend sein und von Liebe sprechen, aber es ist eine große Zuneigung, die ich empfinde, die an nichts gebunden ist, an keinen Luxus, an kein großes Auto oder jedwede äußeren Dinge oder Status. Es ist eine Empfindung, der ich vertraue, auf die ich mich gern einlassen möchte. Und dieses auch in Zeiten, die möglicherweise nicht immer leicht sind.
Und ja, ich habe viel Fantasie, aber eben auch die nötige Bodenhaftung, die es mir erlaubt, mich der Fantasie hinzugeben.
Du bist mir sehr nahe, auch in der jetzigen Situation. Es ist nicht immer leicht, dieses aus der Ferne einschätzen zu können.
Bitte sieh mir das nach.
Ich freue mich sehr auf dich. Pass auf dich auf.
Ich umarme dich und würde mich freuen, wenn auch du mich festhältst und ich mich bei dir aufgehoben fühlen darf.
Von Herzen,
Florentina

Diese anbiedernde Unterwürfigkeit, die von maßlosem Verstehenwollen schon fast einer Entmündigung Viktors gleichkam, zeigte auf brutale Weise Florentinas devotes Verhalten. Nichts konnte sie schrecken, nicht einmal ihre Selbstaufgabe. Ihr Eifer war ungebrochen.

Fr. 20. Aug. 11.23 Uhr

Lieber Viktor,
hier noch schnell meine Fragen für den Start ins Wochenende.

1. Fährst du gerne Fahrrad?
2. Warst du als Kind Winnetou oder Old Shatterhand?
3. Würdest du auf dem Land leben wollen?

Fühlt sich gut an in deinem Arm.
Herzlichen Gruß
Florentina

Fr. 20. Aug. 14.24 Uhr

Liebe Florentina,
du bist überhaupt nicht zu weit gegangen, und auch Invaliden haben ihre noch verbliebenen Stärken. Mich hat dieses Bild vom Strandspaziergang, das ja schon mal kam, sehr berührt. Im Grunde ist es eine Zuflucht, ein Idyll weit weg vom Rest der Menschheit. In den letzten Jahren hatte ich mir das immer gewünscht, weil ich mich aus manchen Bereichen entgegen meiner (früheren) Natur zurückgezogen hatte.

Zu Deinen Fragen:

1. *Ich fahre sehr gerne Fahrrad, von meiner Wohnung zum Büro, aber auch im Park.*
2. *Zunächst ‚Winnetou'. Als ich die Revolver entdeckte, ‚Old Shatterhand'. Ich begegnete Lex Barker als kleiner Junge in Paris. Er saß am Nachbartisch, und ich bat ihn um ein Autogramm. Da fiel mir fast das Herz in die Hosentasche.*
3. *Nein.*

Jetzt kommen meine Fragen:

1. Wieso gibt es nur wenige Menschen, die dich komplex verstanden haben?
2. Wie entsteht Urvertrauen?
3. Welche Haarfarbe hast du?
4. Bist du mutig?
5. Und nochmals: Kannst du schwimmen? Glaubst du, im Wasser oder in der Luft, also in einem anderen Element, die ‚Bodenhaftung' zu verlieren? (Ich war mal begeisterter Helikopterpilot, die schönste Form der Fortbewegung).
6. Vor was hast du Angst?
7. Wann ist ein Mensch schön?
8. Hast du schon mal Herzrasen gehabt?
9. Hast du immer das gleiche Parfum?
10. Meinst du, ich bin stark genug, dich durch die

ganze Stadt zu tragen?

Muss leider mein Handy wieder abgeben. Freue mich sehr auf dich. Drück heute deinen Kopf ganz fest an den meinen. War und bin heute nicht so gut drauf. Verzeih.
Fühl dich ganz stark umarmt!
Viktor

Fr. 20. Aug. 22.17 Uhr
Lieber Viktor,
es ist ganz normal, dass es gute und schlechte Tage in diesem Heilungsprozess gibt. Es ist ein langer, aber auch ein sehr gewinnbringender. Aber das weißt du sicherlich sehr viel besser als ich, und die Ärzte werden dir das auch sagen. Es führt dich näher zu dir und dieses Anspüren ist eben auch manchmal sehr schwer, weil es manches offenlegt. Du hast deine Musik, die dir da helfen wird. Hörst du derzeit Musik?
Wenn ich irgendetwas für dich tun kann, lass es mich wissen. Es kommt von Herzen. Auch musst du dich nicht entschuldigen.
Ich bin dir sehr dankbar für dein Vertrauen und die Offenheit, mit der du mich teilhaben lässt. Das macht es für mich leichter.

Auch ich mag dieses Bild des Strandspaziergangs sehr. Wir sollten daran festhalten. Ich würde mir wünschen, es auch umsetzen zu können.
Danke auch für deine Fragen. Ich bin freudig überrascht darüber.

Hier meine Antworten:

1. *Ich bin ein freundlicher, offener und kommunikativer Mensch, der nach außen stark, ruhig und absolut souverän wirkt. Die toughe Businessfrau, die Karriere macht, die alles schafft. Kind, Beruf, und das mit hohem Anspruch und möglichst perfekt. Darunter verbergen sich aber auch eine große Verletzlichkeit, Sensibilität, Weichheit und ganz viel Emotion, manchmal auch Unsicherheit, Infragestellen, um das nur diejenigen Menschen wissen, die mich sehr gut kennen. Und da gibt es nur wenige, denen ich mich in Gänze öffne. Ich brauche da absolutes Vertrauen und eine große Vertrautheit. Sodass ich über weite Strecken zwei Leben geführt habe. Es hat lange gebraucht, diese übereinander zu bringen. Heute gehe ich damit frei um, was unglaublich bereichernd ist, auch in der Begegnung mit Menschen.*
2. *Ich habe mir Urvertrauen erarbeiten müssen, wenn auch immer noch sehr vorsichtig und*

selektiv. Mir war dieses Defizit aber immer sehr bewusst. Vielleicht erwächst Urvertrauen dann, wenn man sich des anderen sicher sein kann. Ganz gleich, ob man stark, schwach, erfolgreich, glücklich, traurig, krank, gesund, schön, durchschnittlich ... ist.
3. *Braun in allen Schattierungen, je nach Lichteinfall. (Das war jetzt aber ein harter Bruch zu den zwei ersten Fragen.)*
4. *Ich bin schon mutig, wenn es darum geht, für meine Werte einzustehen, diese auch gegen den Mainstream zu verteidigen. Mich vor meine Lieben zu stellen. Auch schwierige Situationen anzugehen oder unkonventionelle Wege zu gehen. Neues zu beginnen. Aber ich bin niemand, der blind ins Risiko läuft.*
5. *Ich kann schwimmen. Woher weißt du, dass Bodenhaftung ein/mein Thema ist? Ich fühle mich sicherer mit ihr, würde aber gern darin eine größere Leichtigkeit haben. Vielleicht zeigst du mir, wie das geht?*
6. *Angst habe ich davor, in meinen Gefühlen verletzt zu werden. Denn wenn ich mich öffne, dann ist das kompromisslos und ohne Wenn und Aber. Wenn dieses missbraucht wird, tut das verdammt weh, und diesen Schmerz spüre ich auch körperlich bis in die Fingerspitzen.*

7. *Ein Mensch ist dann schön, wenn Innen und Außen harmonieren, wenn Charakter da ist, Herzensbildung spürbar ist, wenn eine Haltung erkennbar ist, auch Sinnlichkeit und Stil. Gesichter, die ein Leben erzählen, die Ausdruck haben, strahlende Augen, ein Lachen von innen heraus. Das empfinde ich als schön. Ich habe schon zu viele Menschen kennengelernt, die nach außen schön sind/waren, aber innen leer.*
8. *Ja.*
9. *Seit einigen Jahren, ja. Rouge von Hermès.*
10. *Davon bin ich überzeugt. Mein Gewicht von 58 Kilo schaffst du spielend, wenn dann noch die Leichtigkeit hinzukommt, die du in mir auslöst, ist das kein Problem für dich. Ich bin dann leicht wie eine Feder.*

Puh, das ist jetzt ein langer und intensiver Brief geworden.
Genieße dieses aber sehr.
Ich wünsche dir von Herzen, dass es dir morgen schon wieder besser geht. Dein Kopf an meinem fühlt sich sehr gut an.
Ich halte dich fest in meinen Armen. Lass einfach los!
Florentina

Sa. 21. Aug. 08.45 Uhr

Lieber Viktor,
hast du gut geschlafen? Ich wünsche dir sehr, dass du dich heute besser fühlst.
Ich schicke dir einen ganz lieben Morgengruß und meine Fragen für heute:

1. Wann hattest du zuletzt Gänsehaut-Feeling?
2. Kannst du vertrauen?
3. Spielst du lieber Mozart oder Beethoven?
4. Würdest du mit mir in ein Konzert von Bruce Springsteen gehen?
5. Glaubst du an die große Liebe?
6. Kannst du Tränen lachen?
7. Hast du einen Schutzengel?
8. Hast du einen unerfüllten Traum?
9. Was steckt hinter der Frage ‚Traust du dich?'
10. Würdest du vor dem Restaurant auf mich warten und mich erst einmal in den Arm nehmen?

Ich spüre noch immer deinen Kopf ganz nah an meinem, und meine Hand streicht über deine Wange.
Wenn ich darf?
Fühl dich gedrückt.
Florentina

Sa. 21. Aug. 09.52 Uhr

Liebe Florentina,

ich spüre deinen Kopf auch ganz nah an meinem. Es tut mir gut, wenn du über meine Wange streichst. Ich nehme deinen Kopf in meine Hand und gebe dir einen dicken Kuss auf deine Stirn und jeweils einen an das linke und rechte Ohr.

1. *Als wir das ‚Ave Maria' von Schubert in der St. Maria Kirche spielten. CD bringe ich mit.*
2. *Ja.*
3. *Mozart. Epochenunabhängiges Genie.*
4. *Liebend gerne.*
5. *Ja. Kleine Lieben sind furchtbar.*
6. *Ja.*
7. *Ja. Oft hätte er früher eingreifen sollen.*
8. *Ja.*
9. *Ob ich die Courage habe, ein für richtig erkanntes Ziel zu verfolgen.*
10. *Natürlich würde ich dich vor dem Restaurant empfangen und dich umarmen. An sich würde ich dich abholen.*

Ich wünsche dir einen schönen Tag.
Nehme dich fest in den Arm.
Viktor

Sa. 21. Aug. 18.08 Uhr

Lieber Viktor,
wie versprochen, mein Brief an dich.
Fühlst du dich ein bisschen klarer und entlasteter?
Ich bin in manchen Momenten sehr überrascht darüber, dass unser erster Kontakt vor einer knappen Woche stattfand. Mir kommt das so viel länger vor. All die SMS, die Mails, unser Frage-und-Antwort-Spiel – was ganz schnell zu viel mehr geworden ist als nur zu einem Spiel –, dazu die langen und intensiven Telefonate, die ich immer nur ungern beendet habe.
Auf die ich mich schon jetzt wieder sehr freue.
Und auch jetzt unser ständiger Kontakt unter erschwerten Umständen. … Dies alles in einem respekt- und liebevollen Umgang in großer Offenheit und mit sehr viel Wärme. Dafür bin ich dir sehr dankbar.
Auch dafür, dass du mich an deiner ‚Invalidität' teilhaben lässt. Und du dennoch bereit bist, unseren Themen und unserer Begegnung darin Zeit und Raum zu geben. Es sind keine Ignoranz oder Berührungsängste, die mich hindern, näher nachzufragen, was deine Therapie betrifft. Es sind eher das Bedürfnis und der Wunsch, dir in all dem eine kleine Schutzburg zu geben, in die du dich flüchten kannst. Wenn du aber sprechen möchtest, bitte, jederzeit.

Mein Sohn hat mir vorhin eine App auf meinem Handy eingerichtet, die mir signalisiert, wenn eine E-Mail auf ‚unserem' Account eintrifft. So können wir hin und wieder die kurzen Momente nutzen, in denen du per Handy erreichbar bist, uns direkt auszutauschen. Das wäre dann fast wie Telefonieren. Meine ausführlichen Briefe, Fragen und Antworten bleiben davon unberührt.
Ich freue mich sehr auf dich.
Lass dich noch einmal herzlich umarmen.
Alles Liebe
Florentina

Sa. 21. Aug. 19.53 Uhr

Liebe Florentina,
vielen Dank für deinen einfühlsamen Brief. Es geht mir besser, und ich bin klar. Unser erster Kontakt war am 8. August, d. h. vor knapp 14 Tagen. Mir kommt es auch viel länger vor. Es hat sich eine liebevolle Nähe eingestellt. Das ist sehr selten.
In Wien habe ich eine tolle Analytikerin, die mich gut coacht. Ich danke dir von Herzen für die ‚Schutzburg', die du mir anbietest. Das ist so lieb von dir gedacht.
In Wien werde ich dir, wenn du willst, etwas im Zusammenhang berichten. Ich war immer ein sehr kraftvoller Mensch, den man scheinbar ohne Ende fordern und belasten konnte. Wenn aber Menschen,

die ich liebte, mir das Fundament entzogen, hatte dieses sehr nachhaltige Auswirkungen.

Heute Abend küsse ich deine Hände und umarme dich wie immer sehr nah.
Viktor

Sa. 21. Aug. 20.06 Uhr
Lieber Viktor,
schön, dass es dir besser geht.
Du hast natürlich recht, es sind jetzt fast zwei Wochen, dennoch sehr kurz für so viel Intensität.
Ich höre dir immer gerne zu, wenn es darum geht, etwas über dich und von dir zu erfahren. Es ist schön, deine Nähe zu spüren.
Meine Hände sind jetzt entspannt und nicht in Bewegung.
Ich wünsche dir eine gute Nacht.
Schlaf gut.
Florentina

So. 22. Aug. 07.47 Uhr
Guten Morgen, liebe Florentina,
ich hoffe, du hattest eine gute Nachtruhe.
Ich war sehr früh wach, die Lebensgeister scheinen wieder etwas zu kommen.
Ich hatte einen schönen Traum. Wir waren beim Essen in einem gemütlichen Restaurant am Dom.

Anschließend waren wir in meinem nahegelegenen Büro, da gibt es ein großes dunkel-violettfarbenes hohes Sofa vor dem Kamin. Im Kamin prasselte das Feuer, du lagst auf meinem Schoß und trankst etwas Rosé Champagner. Während du die Augen geschlossen hattest, erzählte ich dir meine Lebensgeschichte. Am Schluss standest du auf und sagtest: „Trotzdem." Dann bin ich wach geworden.
Heute Morgen einen Kuss auf die Schläfe.
Viktor

So. 22. Aug. 08.22 Uhr

... nahm mein leeres Glas, ging hinüber zu dem kleinen Tisch, auf dem die Champagnerflasche stand, und schenkte nach. Blickte auf die Lichter der Stadt, in den klaren Sternenhimmel, denn es war ein wunderschöner Spätherbsttag, entdeckte eine Sternschnuppe. Schloss die Augen und blieb. ...

So. 22. Aug. 09.09 Uhr

Lieber Viktor,
nachdem jetzt auch meine Lebensgeister dank meines frisch geriebenen Ingwertees zurück sind, meine Sonntagsfragen an dich.

1. Du schreibst einen Brief an dich. Mit welchem letzten Satz/Gruß würde er enden?
2. Welches Buch liest du oder hast du zuletzt

gelesen?
3. Hast du als Student Backpacker-Urlaub gemacht?
4. Wie würde der Filmtitel über deine Lebensgeschichte lauten?
5. Trägst du deine Uhr am rechten oder linken Armgelenk?
6. Wie wichtig ist dir Geschwindigkeit? Möchtest du schnell ans Ziel kommen?
7. Deine Kinder laden dich zu einem gemeinsamen Urlaub auf eine Insel ein. Welche Insel wäre das?
8. Trägst du Handschuhe und Schal im Winter?
9. Es heißt, die Zeit heilt alle Wunden. Glaubst du daran?
10. Denkst du, wir könnten Berge versetzen?

Ich nehme jetzt deine Hände in meine. Halte sie fest und streichle sie sanft.
Während dein Kopf sich immer noch an meinen drückt.
Florentina

So. 22. Aug. 09.51 Uhr

Liebe Florentina,
wo bleibt die Zitrone? Und essen musst du auch etwas, Ingwer alleine …?
Meine Antworten:

1. *Take care!*
2. *Richard Powers, Der Klang der Zeit.*
3. *Nein. Wegen meines Doppelstudiums und der Tourneen hatte ich fast nie Urlaub. Wenn, dann sehr konzentriert.*
4. *Per aspera ad astra.*
5. *Am linken Armgelenk. Rechts ist eine Spur affig.*
6. *Mir war Geschwindigkeit immer sehr wichtig. Heute ist mir Klarheit wichtiger, auch evtl. Klarheit darüber, dass man ein Ziel noch nicht richtig erkannt hat und sich ihm sauber nähert.*
7. *Capri.*
8. *Immer, ab Spätherbst. Für mein Spiel brauche ich warme Hände.*
9. *Die Zeit allein nicht. Ein misshandeltes Kind ist für sein Leben zerstört.*
10. *Ja.*

Jetzt bekommst du einen Kuss in den äußersten linken Mundwinkel. Das ist eine akrobatische Höchstleistung! Ich habe ziemlich kräftige/nicht dicke Hände. Meinst du, sie passen in deine zarten Hände hinein?
Ich wünsche dir einen tollen Tag!
Viktor

So. 22. Aug. 10.27 Uhr

Lieber Viktor,
die Zitrone habe ich gestern bei meinem Einkauf vergessen. Inzwischen aber schon ein halbes Brötchen gegessen, das vom Frühstück mit meinem Sohn und seiner Freundin gestern blieb. Belegt mit Käse, Salami und einer süß schmeckenden Tomate. Dies ist heue eine Ausnahme, da ich ansonsten meinen Joghurt mit Früchten und Müsli habe. Aber es war verlockend, und ich hatte Hunger. Du siehst, ich sorge für mich.
Deine Hände passen sicherlich in meine. Meine sind zwar schlank, aber relativ groß. Also, es wird schon gehen.
Es ist ein sehr schöner Morgen, werde nachher mit dem Fahrrad zum Fischmarkt fahren und später noch laufen gehen.
Heute Abend dann noch mit meinen Freunden in Wien sprechen, da sie während meines Aufenthaltes auf Reisen sind. Was sehr häufig vorkommt, da sie beruflich sehr eingespannt sind, sodass ich inzwischen auch schon einen Hausschlüssel habe.
Danke für deine Antworten.
Auch wenn ich doch sehr über das misshandelte Kind erschrocken bin, aber das erzählst du mir vielleicht in Wien oder wann immer du magst?
Deinen Kuss in meinem linken Mundwinkel mag ich sehr. Das ist ein gutes Gefühl.

Meinst du, du könntest dich morgen dazu durchringen, mir auch einen Kuss in den rechten Mundwinkel zu geben? Natürlich in den äußersten.
Ich wünsche dir auch einen tollen Tag mit guten Gedanken und dem Wohlgefühl, dass es dir bald besser geht und du wieder gesund bist.
Gib auf dich acht.
Ich würde dich jetzt sehr gerne umarmen.
Florentina

So. 22. Aug. 11.11 Uhr
Liebe Florentina,
das misshandelte Kind habe ich nur als Beispielsfall erwähnt. Ich selbst wurde nie misshandelt. Im Gegenteil. Ich hatte eine unvorstellbar schöne Kindheit und Jugend, von der ich heute noch zehre. Die Wunden kamen erst später. Es gibt Wunden, die nicht von selbst oder durch Zeitablauf heilen. Das ist einfach mit analytischer Arbeit verbunden.
Bin ja froh, dass du etwas gegessen hast.
Du bekommst schon jetzt einen Kuss in den rechten Mundwinkel, vielleicht nicht in den äußersten, denn er muss natürlich eine elektrisierende Wirkung entfalten.

„Gutes Gefühl" reicht da nicht.
Sehr herzlich
Viktor

So. 22. Aug. 11.25 Uhr

Reichen Schmetterlinge im Bauch aus?

Ich bin erleichtert über deine Erklärung. Die Vorstellung macht mich immer wütend und ohnmächtig angesichts solcher Brutalität.

Natürlich gibt es Wunden, die nicht heilen. Auch ich kenne eine solche. Aber sie können vernarben, den Schmerz nach innen gehen und leiser werden lassen, wenn auch mit viel Mühe.

Bekommst du dein Handy jetzt für einen längeren Zeitraum aufgrund guter Führung, oder war die Gelegenheit wieder günstig?

Sagst du mir, wo du bist? Ich hätte gern eine Vorstellung davon.

Kannst du dich auch draußen aufhalten?

Ich denke sehr herzlich an dich.

Florentina

So. 22. Aug. 12.38 Uhr

Liebe Florentina,

ein Mitarbeiter hat mir mein iPad gebracht. Das wurde von der Stationsleitung bisher nicht beanstandet.

Ich bin in der Nähe des Neusiedlersees untergebracht. Die Klinik ist von einem Park umgeben, wo ich auch mehrfach am Tag spazieren gehe.

Dir alles Liebe

Viktor

So. 22. Aug. 12.43 Uhr

Lieber Viktor,
vielen lieben Dank für die Nachricht.
Das ist gut zu wissen. Ich kenne mich da ein bisschen aus und weiß, dass es dort sehr schön ist.
War vor drei Wochen erst dort.
Dir von Herzen einen lieben Gruß
Florentina

So. 22. Aug. 15.58 Uhr

Liebe Florentina,
ich möchte deinen Nachmittag nicht stören, aber ich bin, glaube ich, wieder mit meinen Fragen dran.
1. Welche Augenfarbe hast du?
2. Trägst du Lippenstift? Welche Farbe(n)?
3. Trinkst du zum Fisch Rotwein?
4. Trägst du Hüte?
5. Gehst du lieber in ein Musical, in die Operette oder in die Oper?
6. Magst du lieber Verdi oder Wagner?
7. Liebst du eher helle oder tiefe Töne?
8. Welches Instrument würdest du in einem Streichquartett am liebsten spielen?
9. Welche Gefühle hast du bei einem gelungenen Weitsprung?
10. Kennst du Trance?

So. 22. Aug. 16.21 Uhr

Lieber Viktor,

du störst nie. Habe eh meine Pläne geändert und mich festgelesen. Von daher eine willkommene schöne Abwechslung.

1. *Grün.*
2. *Ja. Leicht braunstichige Rottöne. Mag keine grellen und knalligen Lippenstiftfarben.*
3. *Ja, auch. Vornehmlich im Winter. Weißwein ist mir oft zu kalt.*
4. *Nein, obwohl ich welche besitze. Im Winter meine Mützen, meine Tücher, die ich umwickele. Und wenn ich mir den Luxus erlaube, ein bisschen ‚zu schlampen' mit Jeans, Shirt, Turnschuhen und Pferdeschwanz, meiner Baseballkappe. Dann auch ohne Lippenstift, aber nie ohne Augen-Make-up.*
5. *Eindeutig in die Oper. Ich mag keine Musicals.*
6. *Ich mag beide. Je nach Stimmung.*
7. *Die tiefen.*
8. *Bratsche.*
9. *Freue mich wie eine Schneekönigin.*
10. *Nicht im eigentlichen Sinne.*

Ganz lieben Gruß und danke für deine Fragen
Florentina

So. 22. Aug. 16.31 Uhr

Noch eine Zusatzpreisfrage:
Welche Augenfarbe habe ich?
Falls richtig, gibt es einen Kuss
auf die Nasenspitze.
V.

So. 22. Aug. 16.35 Uhr

Ebenfalls grün.
Auf den auf die Nasenspitze hatte ich mich schon
für morgen gefreut. Nachdem heute auch schon der
weniger äußere Mundwinkel dran war.
Du solltest dich nicht verausgaben und derart damit
prassen.
Auch hier wieder:
Trotzdem (jetzt auch richtig geschrieben), genieße
ich das sehr.
Auch das ist mehr als nur ein gutes Gefühl.
Florentina

So. 22. Aug. 16.49 Uhr

Woher wusstest oder ahntest du das? Weißt du, dass
wir mit unseren grünen Augen einer absoluten Minorität angehören? Ich überlege mir für morgen einen anderen Kuss. Aber die Nasenspitze musste
jetzt einfach sein. Von Verausgabung keine Spur.
Jetzt bekommst du gleich nochmals einen

Musenkuss, nein, Nasenkuss, diesmal auf deinen linken Nasenflügel.
Viktor

So. 22. Aug. 16.58 Uhr

Weibliche Intuition.
Männer, die derartige Briefe schreiben, solche Fragen stellen und so großzügig in der Vergabe von Küssen sind und sich auf mich einlassen, müssen grüne Augen haben.
Alles andere würde mein gesamtes Weltbild auf den Kopf stellen.
Glaubst du, dass du dir sicher bist, dass du deine Kussvergabe in Wien noch einmal wiederholen kannst und möchtest? In genau der Reihenfolge?
Und das mit dem Musenkuss wüsste ich auch schon gerne. …
Wäre sonst wohl eine schwierige Situation, die du dann zu meistern hättest. Bin neugierig, wie du das löst.
Gruß
Florentina

So. 22. Aug. 17.15 Uhr

Natürlich wird die Kussvergabe in Wien wiederholt. Auch in der Reihenfolge.
Mein Rechtschreibprogramm spuckte ‚Musenkuss' aus. Ich fand das schön und ließ es stehen.

Wenn ich dich auch als Muse küsse, ist das doch ein Kompliment.
Ich sehe darin keine schwierige Situation.
Alles Liebe
Viktor

So. 22. Aug. 17.25 Uhr
Natürlich nicht. Finde das wunderbar. War noch nie jemandes Muse.
Die Schwierigkeit war auch eher auf die Bereitschaft der Kusswiederholungen bezogen.
Was, wenn meine Nase dir nicht passt? Meine Stirn zu faltig ist und meine Mundwinkel nach unten gehen?
Würdest du deine Küsse dann auch noch verteilen wollen?
Du fährst da schon Risiko!?
Und diese Situation mit Respekt und Anstand zu meistern, dennoch mit mir essen zu gehen, mich nicht im Regen stehen zu lassen, auch noch einen Spaziergang anschließen zu wollen, darauf bin ich neugierig.
Lieben Gruß
Florentina

So. 22. Aug. 17.36 Uhr
Liebe Florentina,

jetzt kommt das Essen. Ich melde mich danach. Und natürlich bist du ein schöner Mensch!
Viktor

So. 22. Aug. 21.57 Uhr
Lieber Viktor,
ist alles gut bei dir?
Ich wollte dich nicht erschrecken.
Meine Stirn ist glatt, meine Nase relativ gerade, und meine Mundwinkel zeigen in der Regel nach oben.
… Freue mich auf deine Küsse.
Es war ein schöner Tag mit dir. Ich habe unsere Unterhaltung sehr genossen.
Ich umarme dich ganz fest.
Schlaf gut.
Von Herzen alles Liebe
Florentina

So. 22. Aug. 22.24 Uhr
Liebe Florentina,
zuerst war der Akku meines iPads leer, dann war ich eingeschlafen.
Ich wünsche dir von Herzen eine gute Nachtruhe!
Viktor

So. 22. Aug. 22.28 Uhr
Dann ist ja alles gut.
Schlaf weiter, und wenn du wieder schöne Träume hast, lass es mich wissen.
Ich umarme dich ganz fest.
Florentina

Die Unterhaltung hatte sich aus ihrer bisherigen Verankerung gelöst. Hatte sich eine selbstläuferische, überschäumende Spontaneität eingeschlichen, die befremdlich schien. Florentina fühlte sich befreit und genoss diese ungewohnte Leichtigkeit. Die Strenge war einer Unangestrengtheit gewichen, die sie ebenso liebte und brillant beherrschte wie all das Tiefsinnige, das bislang ihr Miteinander geprägt und ausgemacht hatte. Ihr war, als hätten sich die Mühen der letzten Wochen gelohnt und jene Vertrautheit sei entstanden, die Vertraulichkeit letztendlich ausmachte. So dachte sie.

Mo. 23. Aug. 09.03 Uhr
Hattest du eine gute Nacht?
Ich wünsche dir mit ganzer Liebe einen richtig guten Start in die Woche.
Übrigens, die Muse küsst.

Hier noch meine Montagsfragen:

1. Würdest du für mich Cello spielen?
2. Unter welchem Dirigenten hättest du gerne gespielt oder würdest du gerne spielen?
3. Wenn du zwischen einem Auftritt in der Royal Albert Hall oder der Scala wählen könntest, wofür würdest du dich entscheiden?
4. Wenn du dich in ein Tier verwandeln könntest, welches wärest du?
5. Schaust du dich gern im Spiegel an?
6. Sagst du immer die Wahrheit oder bist du oftmals auch nur höflich?
7. Betest du, wenn ja, zu wem?
8. Glaubst du an Wiedergeburt?
9. Was bedeutet für dich, jemandem auf Augenhöhe zu begegnen?
10. Würdest du zum Mond fliegen wollen?

Florentina

Mo. 23. Aug. 13.02 Uhr

Liebe Florentina,
ich habe deine Mails von gestern Nachmittag nochmals gelesen, die mich irritiert haben.
Ich möchte den Schriftwechsel nicht fortführen.
Viktor

Florentina war von Beginn an das eigentliche Opfer. Viktors Vorwurf der Projektion traf nur bedingt zu. Sie gestaltete sich sehr viel differenzierter, als Viktor erkannt haben wollte. Sie war zu ihrer eigenen Projektionsfläche geworden. Seine Schwäche minderte ihre Stärke, seine Bedürftigkeit erhöhte ihre Schutzlosigkeit. Sie hatte seine Grenzen überschritten.
Seine Welt war wieder Heimat geworden. Ihr Zuhause einem neuen gewichen.
Florentina war für Viktor ein fiktiv real existierendes Wesen, das er von Beginn an in seine Traumwelt verbannte, in seine Phasen des Tiefschlafs, in das Spektrum der dunkelsten Seite seines Lebens. Eine Chance, sich daraus zu befreien, hatte sie nie gehabt.
Er hatte sich mit ihr verbündet gegen seine Dämonen des Untergangs. Sie an sich gezogen, vereinnahmt, zurückgestoßen, sich distanziert und wieder eingelassen.
Florentina glaubte, Viktor zu kennen. Dabei hatte er sich ihr von Beginn an verweigert. Nur aus der Distanz heraus war ihm diese Nähe möglich. Für Florentina gab es nur die Nähe in der Nähe. Für Florentina sollte es die Zukunft sein. Dafür war sie bereit, alles zu geben, am meisten sich selbst. Dabei hatte sie sich schon längst verloren. Auch weil das, was

sie bereit war zu geben, schon sehr viel früher nicht ausreichte.
Viktor hatte dies gespürt. Er hatte nichts mehr zu erwarten. Nichts, was über seine existenziell gesicherte Selbstgenügsamkeit hinausging. Die Zeit war abgelaufen.

Mo. 23. Aug. 13.06 Uhr

Lieber Viktor,
das kann ich leider nicht nachvollziehen. Würde gern zur Klärung beitragen.
Es war alles nur sehr lieb gemeint und spielerisch.
Bitte sage mir, wo es die Irritation gibt.
Lieben Gruß
Florentina

Mo. 23. Aug. 20.48 Uhr

Lieber Viktor,
ich möchte dich nicht bedrängen, und es liegt mir auch fern, dich in irgendeiner Form zusätzlich zu belasten, dennoch ist es eine Herzensangelegenheit, dir noch einmal meine Sichtweise zu schildern. Es wird dann auch mein letzter Brief sein, wenn du dich nicht mehr meldest, was ich von ganzem Herzen bedauern würde.
Der Sonntag startete mit einer wunderschönen Geschichte von dir, die ich liebend gern aufgenommen und weitererzählt habe.

Es folgten unsere inzwischen schon vertrauten Frage-und-Antwort-Spiele. Ich habe dir von meinem Tag erzählt, weil ich dich daran teilhaben lassen wollte.

Es war mir wichtig zu wissen, wo du bist, dass du dich in einer guten Atmosphäre/Umgebung aufhältst, deshalb meine Frage.

Ich kenne den Neusiedlersee und die Umgebung recht gut aus zahlreichen Besuchen und war froh, dich dort zu wissen.

Am Nachmittag haben wir dann im Minutentakt E-Mails ausgetauscht, und darin lagen eine ungeheure Leichtigkeit, Spontaneität und auch Freude, die ich glaubte bei dir zu verspüren, die mir bislang in dieser Form fremd war. Ich habe dies sehr genossen und mich darauf eingelassen. Es war eine Laune, die uns beiden gutgetan hat.

Wäre all dies am Telefon geschehen, hätte es keine Tragweite gehabt. Wir hätten die Stimme des anderen vernommen, auch sicherlich ein herzliches Lachen über manche Äußerungen und Formulierungen (Musenkuss, Nasenkuss).

Es hat eine Eigendynamik bekommen, die keiner von uns in diesem Moment gestoppt hat. Es war wie im Rausch. Eben auch, weil ich dich darin so befreit wahrgenommen habe. Das hat mir in der Seele gutgetan. Es hatte etwas Spielerisches.

Noch einmal: Wenn ich da eine Grenze überschritten habe, die dich irritiert hat, tut es mir wahnsinnig leid. Wenn ich dich da in irgendeiner Form verletzt haben sollte, entschuldige ich mich von Herzen dafür.
Hätte ich nicht die Bewunderung und auch Wertschätzung für dich als Mensch, als Mann, wäre es nie zu einem derartigen Briefwechsel wie in den letzten zwei Wochen gekommen, und dann gäbe es auch diesen Brief nicht.
Es war sicherlich eine Gratwanderung, die unseren Briefwechsel schon seit einigen Tagen bestimmt.
Da waren der große Wunsch nach Nähe und das Wissen darum, dass dies noch kein wirkliches Fundament besitzt. Wir haben uns herangetastet. Vielleicht auch manchmal den Status quo nicht berücksichtigt und ignoriert.
Es herrschte eine überraschende Übereinstimmung in der elementaren Sichtweise, in der Wertvorstellung, in dem, was uns wichtig ist, wie wir denken und fühlen, die nur sehr selten ist, wie du dieses auch betont hast.
Ich habe versucht, in dich und deine Situation hineinzufühlen, auch zu spüren, wie weit ich gehen kann und wie weit ich mit dir gehen darf. Habe versucht, vorsichtig zu sein, keine Ansprüche zu stellen, mich auf dich einzustellen. Habe aber gleichzeitig gemerkt, wie stark und präsent du auch in dieser

speziellen Situation bist, und dies hat mir den Mut und auch die Kraft gegeben, mit dir Schritt für Schritt weiterzugehen und uns dadurch anzunähern. Ich habe davor einen unglaublichen Respekt. Bin mir nicht sicher, ob ich diese Souveränität besitzen würde. Für diese Augenhöhe bin ich dir sehr dankbar.
Ich habe dich auch da als wunderbaren Menschen empfunden mit einer großen Sensibilität, Offenheit, aber auch Empathie. Aber all das habe ich dir schon geschrieben. Ich habe dir meine absolute Loyalität versichert, was plötzlich ganz einfach erschien. Alles, was ich dazu geschrieben habe, hat auch heute noch seine Gültigkeit.
Wir haben uns sehr aufeinander gefreut, so jedenfalls habe ich das auch bei dir wahrgenommen. Dass jetzt 2/3 E-Mails, die vielleicht irritierend auf dich gewirkt haben, weil da meine Art der Ironie mitschwang, die dir sicherlich noch fremd ist, alles infrage zu stellen und zum plötzlichen Abbruch zu führen, ohne die Chance, es erklären zu können, ist fatal und fahrlässig. Dem gegenüber stehen über 90 E-Mails, die tiefsinnig waren, die zu einer wertvollen Begegnung geführt haben. Ungeachtet der weit über 100 Fragen und Antworten, in denen wir uns vorbehaltlos dem anderen geöffnet haben. Das steht in keinem Verhältnis, auch nicht, was die Tragweite einer solchen Entscheidung betrifft.

Lieber Viktor, ich bin wie geplant in der nächsten Woche in Wien und würde dich nach wie vor gerne sehen und sprechen. Falls du wider Erwarten noch in der Klinik sein solltest, komme ich gerne auch an den Neusiedlersee, wann immer und wo du möchtest.
Wenn du dann immer noch zu dem Entschluss kommst, dass es da etwas Irreparables gibt, was nicht wiedergutzumachen ist, wofür es keine entschuldigende Erklärung gibt, dann bitte. …
Ich möchte meinen Traum, mit dir Hand in Hand einen Spaziergang an der Nordsee zu machen, noch nicht aufgeben. Ich traue mich noch immer.
Herzlich
Florentina

Do. 26. Aug. 14.28 Uhr
Lieber Viktor,
ich weiß, ich hatte in meinem letzten Brief angekündigt, mich nicht mehr zu melden, wenn ich von dir keine Antwort erhalten würde … trotzdem. Zunächst aber hoffe ich von Herzen, dass es dir besser geht.
Es macht mich sehr traurig, dass diese Situation zwischen uns eingetreten ist. Ich versuche immer noch zu verstehen, was dich irritiert hat.
Waren es diese Vorstellung, die ich ironischerweise skizziert habe, dass wir uns in Wien treffen und sich

herausstellt, dass ich vielleicht nicht die attraktive Frau bin, die du dir vorgestellt hast, und die Annahme, wie du mit der Situation umgehst?
Das war dumm von mir, und ich bereue dies sehr.
Ich bitte dich von ganzem Herzen um Verzeihung, wenn ich durch diese unbedachte Äußerung eine Irritation hervorgerufen habe, die derartige Folgen mit sich trägt.
Ich wollte dich nicht verunsichern und schon gar nicht provozieren.
War es die Beschreibung meines ganz eigenen Luxus, ‚ein bisschen zu schlampen‘?
Ich bin in meinem Beruf, aber auch durch meinen grundsätzlichen Anspruch an Ästhetik, Stil und dem damit verbundenen Respekt mir und anderen gegenüber sehr bewusst darin, ‚gut angezogen zu sein‘.
Das fällt mir nicht schwer. Hin und wieder aber im Privaten habe ich das Bedürfnis nach Jeans, T-Shirt und Turnschuhen, einem Bad Hair Day und meiner Baseballkappe.
Noch einmal. Meine Stirn ist nicht faltig, meine Mundwinkel gehen nicht nach unten, und meine Nase ist gerade. Es ist so, wie ich in meinem ersten Brief an dich geschrieben habe, dass ich selbstkritisch und reflektiert bin, auch, was mein Äußeres betrifft. Ob es letztendlich passt, entscheidet sich, wenn wir uns sehen.

Hätten wir uns im Bayerischen Hof getroffen, befänden wir uns jetzt sicherlich nicht in diesem Dilemma.

Bitte, Viktor, gib uns die Chance, in Wien oder wo auch immer darüber zu reden. Du hast nichts zu verlieren. Aber wir könnten vielleicht vieles gewinnen.

Wenn du dann immer noch der Ansicht bist, dass du den Kontakt abbrechen möchtest, werde ich keinen Einfluss darauf haben können.

Wie weit ich bereit bin, mit dir zu gehen, habe ich dir gezeigt, als du mir mitteiltest, dass es dir nicht gutgehe und du zur Behandlung in die Klinik gehen würdest. Natürlich war auch ich in dem Moment irritiert und auch ein bisschen erschrocken, habe dann aber gespürt, dass dies nichts an meinen Empfindungen für dich ändert. Bis heute nicht.

Im Gegenteil. Ich wäre liebend gern für dich da gewesen. Es hat mich umgetrieben, nicht zu wissen, wie es dir geht, wo du bist, und war wahnsinnig glücklich über ein Lebenszeichen von dir.

Dieses alles kann nicht an einer Irritation scheitern, die sich aufklären lässt.

Ich war sehr froh über unseren intensiven Mailkontakt am Sonntag, vielleicht zu euphorisch. ...?

Daher noch einmal meine Bitte, dich sehen zu können.

Es muss nicht das geplante Abendessen sein. Aber auf einen Kaffee …? Wenn das weniger verpflichtend für dich erscheint.

Und auch hier noch einmal meine Bereitschaft, an den Neusiedlersee zu kommen, falls dies erforderlich sein sollte.

Ich möchte dich nicht so einfach verlieren. Ich möchte uns nicht so einfach aufgeben. Dafür ist etwas zu Kostbares entstanden.

Ich bin nicht zu stolz, dich darum inständig zu bitten. Falscher Stolz wäre hier fehl am Platz. Dafür steht zu viel auf dem Spiel.

Ich würde dich sehr gerne glücklich sehen.

Bitte denk darüber nach.

Von Herzen mit allen lieben Wünschen für dich
Florentina

Florentina fühlte sich beschämt, erniedrigt und entwürdigt. Dennoch machte sie weiter. Getrieben von der Angst der bevorstehenden Leere, die sie erwartete, wenn Viktor sich zurückzog. Es keine Mails, keine SMS, keine Telefonate mehr geben würde. Auch die Hoffnung auf bevorstehende Treffen war Teil ihres Alltags geworden. Es erschreckte sie, dass schon allein der Hoffnungsschimmer auf eine Begegnung erfüllend sein konnte.

Do. 26. Aug. 16.45 Uhr
Liebe Florentina,
ich danke dir sehr für deinen Brief. Natürlich können wir uns nächste Woche gerne für ein Abendessen sehen. Ich werde voraussichtlich am 30. August entlassen. Wie wäre es am 31. August oder 1. September?
Mache seit zwei Tagen eine Schlafkur und habe gerade eine kurze Wachphase.
Dir alles Liebe
Viktor

Mit keinem Wort ging Viktor auf den Inhalt der Briefe ein. Er setzte dort wieder an, wo ihr Kontakt beendet war. Es war ein Spiegelbild seiner Antworten. Keine Erklärungen, lediglich Reaktionen. Und immer wieder eine dringende Forciertheit, die Florentina in Zugzwang brachte, ihr Innerstes nach außen kehrte. Viktors Nachrichten waren eine einzige Zurückweisung bei gleichzeitigen verpflichtenden Forderungen. Ihre Verletztheit stieg. Ihr Selbstbetrug kaum noch zu steigern.
Dennoch machte sie weiter in diesem inzwischen unwürdigen Spiel der absoluten Hingabe.

Do. 26. Aug. 16.54 Uhr

Lieber Viktor,
vielen lieben Dank für deine Antwort und die Bereitschaft, mich zu sehen.
Ich bin am 31. August und auch am 1. September frei.
Wollen wir uns Dienstag treffen?
Freue mich sehr auf dich.
Fühlst du dich besser? Hilft dir diese Schlafkur, neue Energie zu bekommen?
Alles Liebe für dich
Florentina

Do. 26. Aug. 17.44 Uhr

Liebe Florentina,
ich freue mich auch sehr, dich am Dienstag um 19.30 (?) zu sehen. Ich würde dich gerne abholen. Gib mir bitte noch die Adresse durch. Die Schlafkur geht bis Sonntag. Sie tut mir sehr gut. Jetzt bekomme ich gleich wieder die Mittel.
Sehr herzlich
Viktor

Do. 26. Aug. 17.51 Uhr

Lieber Viktor,
Dienstag ist perfekt. Ich werde dir die Adresse noch durchgeben.
Bin sehr froh, dass die Schlafkur dir sehr guttut.

Schön, dass du wieder da bist.
Alles Liebe
Florentina

Fr. 27. Aug. 09.47 Uhr
Lieber Viktor,
von Herzen einen lieben Gutenmorgengruß.
Es ist schön, wieder von dir zu hören. Hier noch meine Adresse in Wien: Felix-Montti-Str. 8. Hab einen guten Tag.
Ich freue mich sehr auf dich.
Fühl dich umarmt.
Florentina

Fr. 27. Aug. 10.41 Uhr
Liebe Florentina,
bin gerade nach 14 Stunden Tiefschlaf aufgewacht und wünsche dir auch von Herzen einen guten Morgen. Du hast dir aber eine schöne Adresse ausgesucht.
Willst du am Dienstag lieber in ein italienisches Lokal am Prater gehen oder in ein ebenfalls italienisches direkt am Dom, wo man bei gutem Wetter auch draußen sitzen kann? Im letzteren Fall könnte man noch einen Spaziergang anschließen zum schönen Burggarten. Als Sportlerin dürften dir diese

Distanzen keine Probleme bereiten. Bei Regen müsstest du halt deine Baseballkappe aufsetzen. Jetzt werde ich mich gleich etwas stärken, bekomme dann Infusionen und um 13.00 erneut die Mittel für einen weiteren Tiefschlaf. So sieht mein bescheidener Alltag hier in der Klinik aus. Aber es geht mir schon besser.
Ich freue mich auf dich.
Fühle dich umarmt.
Viktor

Fr. 27. Aug. 11.17 Uhr
Lieber Viktor,
herzlich willkommen zurück. 14 Stunden sind wirklich eine lange Zeit, aber wohl notwendig. Bin sehr froh, dass es dir besser geht. Aus der momentanen Bescheidenheit kannst du im Nachgang sicherlich viel Kraft schöpfen … und nachholen, was du denkst versäumt zu haben. Meistens ist dieses bei näherer Betrachtung letztlich gar nicht so viel.
Nicht nur die Adresse ist sehr schön. Finde es auch schön, dass du mich abholen möchtest. Vielen lieben Dank dafür.
Verlockend klingt der Italiener am Dom mit einem anschließenden Spaziergang zum Burggarten. Wenn ich also wählen darf, dann diese Option.

Ich bin ganz gut zu Fuß – und wenn ich einbrechen sollte, wolltest du mich durch die Stadt tragen. Ich komme darauf zurück.
Meine Baseballkappe werde ich zu Hause lassen. Die hebe ich für einen möglichen späteren Zeitpunkt auf.
Ich freue mich sehr auf dich.
Ich umarme dich auch. Es fühlt sich immer noch gut an.
Florentina

Fr. 27. Aug. 11.38 Uhr
… Außerdem möchte ich dir gern endlich einmal in die Augen schauen.
Schauen, welches Grün ich da finde.
Alles Liebe
Florentina

Fr. 27. Aug. 11.48 Uhr
… Ich dir auch. Wir werden sehen, wie lange du meinem Blick standhalten kannst.
Bei dem Grün handelt es sich um ein sehr seltenes Grün, nämlich Graugrün, kurz GG.
Alles Liebe
Viktor

Fr. 27. Aug. 12.03 Uhr

Wenn es ein lieber Blick ist, lange. ...

Ich liebe die Szene, wenn Humphrey Bogart Ingrid Bergman in die Augen schaut, auch wenn es ein trauriger Moment ist. Aber das hat einfach Größe, wenn er, ohne die Oberlippe zu bewegen, sagt: Ich schau dir in die Augen, Kleines.

Bin da hoffnungslos romantisch.

Heule schon fast seit Jahrzehnten immer wieder aufs Neue dabei. Das ist einer dieser Filme für sonntagnachmittags auf dem Sofa mit heißem Tee (auch mit Zitrone) unter einer warmen Decke, wenn es draußen regnet und stürmt.

Bei mir spielt ein bisschen Braun mithinein.

Herzliche Grüße

Florentina

Fr. 27. Aug. 19.23 Uhr

Lieber Viktor,

ich hoffe, du hattest einen erholsamen Schlaf über den Tag.

Da ich deinen Schlaf-Wach-Rhythmus nicht kenne, schon jetzt von Herzen eine gute Nacht.

Und schöne Träume, oder träumt man im Tiefschlaf nicht?

Herzlich mit einer festen Umarmung

Florentina

Fr. 27. Aug. 21.37 Uhr

Danke für die Gutenachtgrüße, bin gerade aufgewacht, noch etwas benommen.
Magst du Schokolade?
Hatte einen langen Traum. Kann ihn aber noch nicht entziffern.
Dir eine gesegnete Nachtruhe
Viktor

Fr. 27. Aug. 21.52 Uhr

Lieber Viktor,
danke für den lieben Gruß.
Lass dir Zeit. Werde langsam wach.
Ja, ich mag Schokolade. Von Ritter Sport ‚Trauben Nuss', manchmal auch die weiße mit Nuss. Vor allem aber dunkle Schokolade mit Chili. Wenn ich mich richtig erinnere, sind es bei dir Nougat und Nuss? Wir können da also gegenseitig austauschen, wenn du magst.
Was wirst du denn jetzt mit dem angebrochenen Abend anfangen? Oder wirst du bald schon wieder schlafen?
Ich denke an dich.
Florentina

Fr. 27. Aug. 22.54 Uhr
Liebe Florentina,
ich werde gleich wieder mit Mitteln versorgt, dass ich weiterschlafen kann. Die sind hier ziemlich konsequent. Nachtschwester Theodora kommt aus München.
Am Schluss meines intensiven Traumes wurde ich wegen einer gewissen Erschöpfung respektive des Trauminhalts hungrig auf Schokolade. Als ich aufwachte, hatte ich die Idee, dir am Dienstag die beste Schokolade der Welt von Elly Seidl mitzubringen.
Das Teuflische ist nur, dass man so ein Päckchen Schokolade meist zur Gänze verschlingt, weil es so verboten gut schmeckt.
Hattest du einen schönen Abend?
Alles Liebe
Viktor

Fr. 27. Aug. 23.09 Uhr
Lieber Viktor,
die beste Schokolade der Welt klingt verführerisch. Vielleicht ist es weniger teuflisch, wenn wir sie uns teilen.
Verfügt Schwester Theodora über ausreichend bayerischen Humor? Der Name klingt eher resolut.
Ja, ich hatte einen schönen Abend. Mein Freitagstraining. So, dass ich jetzt wohlig müde bin und auch sehr bald schlafe.

Habe noch mit einer lieben Freundin in Wien telefoniert, die ich schon lange nicht mehr gesehen habe.
Wir haben uns für Montag verabredet.
Darauf freue ich mich riesig, weil sie eine wirklich tolle Frau ist mit großer Herzensbildung und ausgesprochen klug ist.
Ich wünsche dir von Herzen noch einmal eine gute Nacht. Und weiter solch ‚süße' Träume.
Ich denke ganz lieb an dich.
Florentina

Sa. 28. Aug. 10.44 Uhr

Guten Morgen, lieber Viktor,
herzlich willkommen zurück aus deinem Tiefschlaf.
Noch zwei Tage, dann hast du's geschafft.
Es berührt mich sehr, dass du dir all die Gedanken um unser Treffen am Dienstag machst, dass du mich abholen, mir die beste Schokolade der Welt mitbringen möchtest, einen anschließenden Spaziergang zum Burggarten. …
Es tut mir in der Seele gut.
Ich freue mich sehr auf dich.
Sitze vor meinem Laptop und schaue in einen verregneten, grauen Samstagmorgen, was sich laut Wetterbericht heute auch nicht mehr ändern wird.
Werde nachher noch einige Besorgungen in der Stadt machen und meinen Koffer für die Woche

packen. Bin dann Sonntag am späten Nachmittag in Wien.

Lass dich herzlich umarmen.

Alles Liebe
Florentina

Sa. 28. Aug. 12.15 Uhr

Liebe Florentina,
mit dem Tiefschlaf reicht es mir langsam. Schwester Theodora ist resolut und hat mir natürlich keine Schokolade gegeben. Da hab ich im Tiefschlaf halt weiter Schokolade (Schichtnougat) gegessen, bis mir davon schlecht wurde.

Tut mir leid, dass euer Wetter nicht so gut ist. Hier ist es durchwachsen, aber trocken, noch.

Ich wünsche dir morgen eine gute Reise. Hoffentlich nicht zu anstrengend.

Ab 14.00 bekomme ich wieder die Mittel.

Sehr herzlich
Viktor

Sa. 28. Aug. 12.26 Uhr

Lieber Viktor,
dachte mir, dass Schwester Theodora keine Schokolade verteilt. …

Hab noch ein bisschen Geduld. Du hast es bald geschafft. Bin auf dem Weg in die Stadt.

Alles Liebe
Florentina

Sa. 28. Aug. 13.40 Uhr
Liebe Florentina,
vielen Dank für den Zuspruch.
In meinem letzten Traum ging es auch um die Frage, wo ich dir die angekündigten, zum Teil sehr komplizierten/anspruchsvollen Küsse geben kann. Da gibt es den sehr schönen Mozart-Pavillon im Burggarten. Wärst du damit einverstanden?
Jetzt geht es gleich wieder los.
Fühl dich umarmt.
Viktor

Sa. 28. Aug. 20.00 Uhr
Lieber Viktor,
habe jetzt mein Tagewerk abgeschlossen, wenn auch immer noch keinen Koffer gepackt. Dafür aber mein Auto gewaschen und getankt.
Natürlich bin ich einverstanden mit jedem Ort für deine angekündigten/versprochenen Küsse, wenn er dann noch so romantisch ist, umso schöner. Freue mich schon sehr darauf.
Es tut verdammt gut zu spüren, dass man dafür scheinbar nie zu alt ist. Wünsche mir sehr, dass wir uns dies bewahren könnten.

Meinst du, du kannst dich überwinden, mir zumindest den auf die Stirn schon früher zu geben? Ansonsten warte ich natürlich gerne, wenn auch Geduld, wie schon erwähnt, nicht unbedingt zu meinen Charakterstärken gehört. Aber ich arbeite daran. ...
Mir gefallen deine Träume im Tiefschlaf schon sehr.
Von Schichtnougat würde mir auch schlecht.
Magst du Tiramisu? Meines ist nicht schlecht. (War wohl gerade die Verbindung zu den Schichten.)
Danke für deine Fürsorge. Ich werde auf der Fahrt Pausen einlegen. Da ich gerne Auto fahre, wird es nicht wirklich anstrengend, ansonsten gibt es Rastplätze. Sonntag wird nicht viel Verkehr sein.
Jetzt hast du nur noch einen Tiefschlaftag vor dir.
Im Moment würde ich meinen Kopf gerne auf dein Kissen neben deinen legen, nur schlafen und deine Hand in meiner halten oder umgekehrt.
Freue mich noch immer auf dich und deine Küsse.
Florentina

So. 29. Aug. 15.27 Uhr
Lieber Viktor,
Ist alles gut bei dir?
Gibst du mir bitte ein kurzes Lebenszeichen??
Von Herzen
Florentina

So. 29. Aug. 16.45 Uhr

Liebe Florentina,
wir haben uns viele Mails geschickt, aber noch sind wir kein Liebespaar.

Ich spüre bei dir ein Drängen, das mir gerade jetzt in meiner gegenwärtigen Gesundheitsverfassung nicht guttut.

Auf Anraten meiner Ärzte werde ich die nächste Zeit sehr zurückgezogen leben, um wieder hochzukommen.

Alles Liebe
Viktor

Nichts in der Begegnung zwischen Florentina und Viktor hatte jemals etwas mit ihr zu tun gehabt. Es war immer nur Viktor, der mit allem etwas zu tun hatte. Er hatte ihre Energie aufgesaugt, sich ihrer Bedürftigkeit bedient. Sie hatte all dies bereitwillig zur Verfügung gestellt.

Viktor hatte gefordert. Florentina geliefert. Für die Länge eines zu Ende gehenden Sommers und eines viel zu früh endenden Herbstes. Ihr fehlten die Erinnerungen an diese Jahreszeiten. Sie waren in Daten und Uhrzeiten zerflossen.

Ihr Nachhalten war die Dokumentation zweier in ihrem Leben nicht existierenden Gezeiten. Ihre Sinnhaftigkeit hatte sich verschoben, war großzügig im Übermaß verschwendet.

Mo. 30. Aug. 10.55 Uhr
Lieber Viktor,
ich verstehe dich.
Es tut mir leid, wenn bei dir der Eindruck entstanden ist, dass es da ein Drängen gibt. Dem ist nicht so. Aber meine Einschätzung ist unerheblich, einzig zählt dein Empfinden.
Ich habe geglaubt, ich bin vorsichtig genug. Versuchte, auf dich zu reagieren und nicht zu agieren.
Vieles in unserem Mail-Kontakt hat sicherlich eine Eigendynamik bekommen und war auch in vielerlei Hinsicht eine Gratwanderung. Nicht immer haben wir dabei die angemessene Balance gehalten. Aus welchen Gründen auch immer. Vielleicht hätte ich damit verantwortungsbewusster/vorsichtiger umgehen müssen. ...?
Aber das erwähnte ich bereits in meinem letzten Brief an dich.
Ich bin mir dessen sehr bewusst.
Ebenso wie der Tatsache, dass jede Form einer vermeintlichen Forderung eine Belastung für dich sein kann und dir nicht guttut. Der Wunsch nach Rückzug und die Besinnung auf dich sind mir sehr nahe und absolut verständlich. Und hat Priorität. Daran hätte jedoch eine Begegnung oder ein weiterer Kontakt zwischen uns nichts geändert. Das Verständnis dafür bleibt davon unberührt.

Das Bedürfnis, uns zu sehen, schien mir jedoch beiderseitig.

Mein derzeitiger Aufenthalt in Wien war weit vor unserem Kontakt geplant. Ich bin seit fast zehn Jahren Anfang September in der Stadt, um diese Messe zu besuchen. Da gibt es keinen Zusammenhang zu unserer Begegnung und daher auch keine Verpflichtung. Es wäre halt nur eine schöne Gelegenheit gewesen.

Allerdings habe ich auch gespürt, dass immer noch die Möglichkeit besteht, uns nicht zu sehen. Und je näher ich Wien kam, umso klarer wurde mir dies. Deshalb meine Bitte um ein Lebenszeichen. Ich brauchte diese Gewissheit.

Dass ich diese dann 40 km vor Wien hatte, birgt schon eine gewisse Tragik.

Lieber Viktor, ich wünsche dir von Herzen, dass du gesund wirst, dass du wieder Kraft schöpfst und Lebensfreude zurückgewinnst.

Und wann immer du das Gefühl oder das Bedürfnis hast, jetzt wäre die Zeit für eine Nachricht oder ein Gespräch, fühl dich frei darin.

Es bedarf keinerlei Erklärung.

Aus tiefstem Herzen dir alles Liebe und viel Kraft
Florentina

Mo. 30. Aug. 18.47 Uhr
Lieber Viktor,
entschuldige bitte die weitere Störung. Aber das, was momentan geschieht, ist für mich keine leichte Situation.
Ich komme soeben von einem Spaziergang am See zurück und habe über uns, dich, mich, die letzten drei Wochen nachgedacht.
Vor allem aber auch über den Satz von dir ‚… aber noch sind wir kein Liebespaar', den ich nicht einordnen konnte. Und den du mit Bedrängen meinerseits in Zusammenhang gebracht hast. Inzwischen, denke ich, kann ich es.
Er zielt sicherlich auf den Satz ab, dass ich meinen Kopf auf dein Kissen legen möchte. …
Es war die Situation, dass ich gestresst aus der überfüllten Stadt kam, die Nacht zuvor kaum geschlafen und das Bedürfnis hatte, mich auszuruhen, zu schlafen. Das Wissen, dass du ein weiteres Mal in den Tiefschlaf versetzt wurdest.
Ich glaubte, dies sagen zu können, ganz rein und unbedarft. Es war nur das Bedürfnis nach Ruhe, sich fallen lassen zu können.
Da gab es keine Gedanken an weitere Forderungen oder Erwartungen. Es tut mir leid, wenn das missverständlich war.
Die Nähe zu jemandem, speziell die körperliche, ist für mich ein kostbares Gut, verbunden mit einer

großen Intimität, damit gehe ich nicht inflationär um. Ganz im Gegenteil. Da braucht es schon eine enorme Vertrautheit und ein grenzenloses Vertrauen.

Dann noch der Satz mit meiner Ungeduld. Ich habe in diesem Punkt eine unglaubliche Geduld und auch Zurückhaltung.

Ich kann dich da nur um Vertrauen und Verstehen bitten.

Ich hätte deine ‚angekündigten Küsse' nicht mehr angesprochen. War allerdings schon erfreut, dass du sie in einem Traum verpackt wieder aufgegriffen hast. Das ist es, was ich mit ‚reagieren' meinte.

Ich bin inzwischen schon auch verunsichert.

Es ist ein merkwürdiges Gefühl, dich einen Stein weit entfernt zu wissen und dich nicht zu sehen. In der Stadt möglicherweise an deinem Büro vorbeizugehen.

Aber gut, es ist deine Entscheidung, die ich zu akzeptieren habe.

Nochmals alles Liebe für dich
Florentina

Fr. 10. Sept. 18.44 Uhr

Lieber Viktor,
… trotzdem traue ich mich.
Verbunden auch mit dem Risiko, keine Antwort zu bekommen.

Ich möchte zu gerne wissen, wie es dir geht.
Bitte fühl dich durch diese Nachfrage nicht bedrängt. Es gibt da absolut kein Drängen oder eine wie auch immer geartete Form des Forderns. Es ist auch nicht die Zeit, eine Entscheidung, ganz gleich in welche Richtung, zu treffen. Ich hatte immer das Gefühl, als hätten wir alle Zeit der Welt, behutsam miteinander umzugehen, aufeinander zuzugehen und zu erspüren, was entstehen kann.
Es gibt keine Norm, die zu erfüllen wäre. Einzig das Machbare und Gewünschte zählt. Ich denke, wir haben beide genug Lebensleistung vorzuweisen. Da gab und gibt es nichts zu beweisen.
Das Gewesene und die Qualität, die darin liegen, bleiben unberührt.
Den Testlauf haben wir zur Genüge beansprucht, daher eine neue Betreffzeile. ...
Ich wünsche dir von Herzen alles Liebe.
Florentina

So. 07. Nov. 11.12 Uhr

Lieber Viktor,
im Vertrauen darauf, dass es dir besser geht, eine kurze Nachricht nach langer Zeit.
Ich bin vom 19. bis 21. in Wien zu einem Geburtstagsfest meiner Freunde.
Es wäre eine große Freude, dich zu sehen, wenn du dies einrichten kannst und auch die Bereitschaft

dazu hast. Auf einen Spaziergang oder einen Kaffee. Das überlasse ich dir.
Herzliche Grüße
Florentina

So. 07. Nov. 14.00 Uhr
Liebe Florentina,
ich freue mich über deine Nachricht. Ja, es geht mir besser.
Ich würde mich freuen, dich zu sehen. Bin in der Woche in New York, sollte aber Samstag zurück sein. Die genauen Daten erfahre ich Anfang der nächsten Woche.
Wann bis du verfügbar? Wie ist deine Planung?
Herzliche Grüße
Viktor

So. 07. Nov. 14.22 Uhr
Lieber Viktor,
das ist gut zu hören. Ich habe keine festen Pläne bis auf Samstagabend, da ist das Fest. Ansonsten bin ich flexibel und kann mich nach deinen Plänen richten.
Herzlich
Florentina

So. 07. Nov. 14.33 Uhr
Liebe Florentina,
wenn du einverstanden bist, treffen wir uns Sonntag um 11.00 Uhr an der Oper auf einen Spaziergang. Wenn das nicht zu früh für dich ist. Später können wir eine Kleinigkeit essen gehen. Freue mich auf dich.
Bin derzeit auf dem Weg an den Neusiedlersee und stehe im Stau. Inzwischen kannst du dir als souveräne Quizmasterin neue Fragen ausdenken und dir ein neues Erkennungszeichen ausdenken.
Herzliche Grüße
V.

So. 07. Nov. 14.40 Uhr
Lieber Viktor,
wenn ich mich recht erinnere, war dein Erkennungszeichen die offene linke Hand. Ist dieses immer noch so? Mein Erkennungszeichen überlege ich mir noch. Aber sicherlich werden wir keines benötigen. Ich denke, dass morgens um 11 nicht so viele Frauen allein vor der Oper stehen.
Das ist alles ein bisschen überraschend. Auch wieder ungewohnt. Bin da schon ein bisschen verunsichert.
Also gut.
War der Herbst auch in diesem Jahr die schönste Jahreszeit für dich?

Kann ich anknüpfen? Wenn ja, ab wann? Alles auf Anfang oder doch lieber nicht?
Hättest du dich bei mir gemeldet?
Herzlich
Florentina

So. 07. Nov. 15.03 Uhr
Du machst das sehr gut.
Ja.
Ja.
Ja.
Mein Erkennungszeichen ist immer noch die offene linke Hand.
Melde mich später noch einmal. Freue mich auf unsere Begegnung.
V.

Der Widerwille in Florentina stieg. Viktors Anmaßung, sie auf diese infantile Art zu loben, widerstrebte ihr. Doch würde sie weitermachen. Mit all dem größtmöglichen Verständnis, dem all ihr zustehenden Maß an Entschuldigungen. Es war unerträglich und dennoch schien es für Florentina notwendig. Längst hatte sie sich aufgegeben. Ihre Gedanken kreisten um Viktor, um seine Krankheit, um seine Zurückweisung und die Suche nach ihrem Verschulden daran.

So. 07. Nov. 22.15 Uhr

Bin nach einer anstrengenden Fahrt zu Hause angelangt. Es herrschte dichter Nebel auf der Strecke. Ich wünsche dir eine gute Nacht.
Herzliche Grüße
Viktor

So. 07. Nov. 22.33 Uhr

Lieber Viktor,
tut mir leid, dass die Fahrt derart anstrengend war. Vielleicht kannst du noch was Gutes für dich tun. Versuche, dich zu entspannen.
Schlaf gut.
Herzlich
Florentina

Di. 09. Nov. 15.54 Uhr

Liebe Florentina,
habe soeben neue Meldungen aus New York erhalten. Ich werde bis einschließlich 25. in NY sein. Sorry. Vielleicht ergibt sich ja ein anderes Mal die Möglichkeit, sich zu sehen.
Herzliche Grüße
Viktor

Mi. 17. Nov. 11.07 Uhr

Lieber Viktor,
da klingt eine Distanz und Kühle mit, die mich erschreckt. Bislang herrschte eine andere Atmosphäre in unserer Korrespondenz.
Was ist passiert? Habe ich mich zu früh gemeldet? Wie es zunächst schien, warst auch du erfreut, dass wir uns sehen.
Dennoch immer noch herzlich
Florentina

So. 28. Nov. 19.24 Uhr

Lieber Viktor,
ich hoffe, du hattest eine gute und erfolgreiche Woche in New York.
Aus der zunächst als kurze SMS gedachten Nachricht ist das Bedürfnis eines doch wohl länger werdenden Briefes entstanden.
Es soll weder penetrant erscheinen, obwohl die Gefahr besteht, noch möchte ich hier Grenzen überschreiten, wobei ich meine eigenen schon ein Stück weit überschreite. Sei's drum. Bitte sieh mir dieses nach.
Auch nach mehr als drei Monaten unseres ersten Kontaktes besteht nach wie vor das Bedürfnis, dir zu begegnen. Ich möchte zu gerne herausfinden, was mich derart unbeirrt festhalten lässt. Auch in Anbetracht der aktuellen Unsicherheit und nach

einer doch enormen Berg- und Talfahrt mit vielen Extremen. Angefangen mit einem intensiven Austausch, deinem verständlichen Rückzug und dem Versuch einer scheinbar misslungenen oder irritierenden (?) Wiederannäherung.
Die Antwort auf meine vorsichtige Frage, anknüpfen zu dürfen, wurde von dir mit ‚Ja' beantwortet. Was ist passiert, dass sich dieses ‚Ja' derart schnell verflüchtigt hat? Habe ich mich zu früh gemeldet? Es ist mit absoluter Sicherheit nicht das große Auto und auch nicht der erfolgreiche Unternehmer, obwohl Letzteres natürlich einen Teil deiner Persönlichkeit ausmacht, der ich nach wie vor großen Respekt zolle und Wertschätzung entgegenbringe. Weit mehr als das hat mich der Nassrasierer beeindruckt, der Strümpfe trägt und keine Socken, der mit seiner Tochter ein Brieftagebuch führt, der den Wunsch hat, glücklich zu sein, der Mensch/Mann, der ebenso Stärke wie Schwäche zeigt, der reflektiert, der zweifelt, der großzügig ist, dessen Empfindlichkeit und Sensibilität ihn auch zwischen den Zeilen lesen lassen, der mich daran erinnert, meine heiße Zitrone zu trinken. …
Lieber Viktor, wir haben uns so viele Fragen gestellt und Antworten gegeben, wobei jede Frage zugleich auch eine Antwort und jede Antwort eine weitere Frage mit sich brachte.

Ich habe mich dir anvertraut in einer Art und Weise, die mich selbst überrascht hat. Ich denke nach wie vor, dass dies sehr selten ist.
Ich würde gerne verstehen, die Situation, dich. ...
Es ist mir sehr bewusst, dass ein Prozess, wie du ihn durchlaufen hast, Veränderungen mit sich bringt, Veränderungen in den Prioritäten, Verschiebungen der Perspektiven, vielleicht auch der Wertvorstellungen. Ich würde dir immer noch gerne zuhören.
Ich brauche keine rauschenden Feste, die habe ich zur Genüge gefeiert. Ich brauche auch kein Unterhaltungsprogramm. Das, was ich mir wünsche, sind als Synonym Strandspaziergänge an der Nordsee.
Wir sind uns begegnet mit einer klaren Absichtserklärung, die vor noch nicht langer Zeit stimmig zu sein schien.
Diese Stimmigkeit existiert für mich noch immer. Unbeeinflusst von all dem, was in den letzten Monaten geschehen ist.
Natürlich kann es sein, dass dies eine Illusion ist und wir bei einem persönlichen Kennenlernen feststellen, dass das Grün unserer Augen doch zu unterschiedlich ist, dass es nicht passt.
Ich würde es nur zu gerne herausfinden. Ebenso gut besteht jedoch auch die Möglichkeit, dass es eine Basis gibt. Diese Chance möchte ich nicht verschwenden. Für mich liegt da auch eine gewisse Fahrlässigkeit.

Vielleicht überbewerte ich dies alles?
Eine deiner Fragen war, ob ich gut loslassen könne.
Ja, ich kann loslassen, wenn es Sinn macht und abgeschlossen ist. Ich für mich habe noch keinen Abschluss gefunden. Noch macht es für mich keinen Sinn. Ich weiß nicht, wie du dieses siehst, wie deine Position ist.
Das momentane Schweigen allerdings ist schon fast die Höchststrafe, da es mich in eine Situation der Ohnmacht versetzt, die ich nur schwer ertragen kann und nicht unbedingt zu meinen Stärken gehört.
Lieber Viktor, da ist kein Drängen, keine Forderung und auch keine Anspruchshaltung, lediglich der Anspruch, respektvoll miteinander umzugehen. Und einzig der Wunsch, wenn es dir möglich ist, die Kommunikation wieder aufzunehmen.
Ich bin ab dem 11. Dezember für voraussichtlich 4/5 Tage in Wien.
Es wäre sehr schön, dich da zu sehen.
Herzlich
Florentina

Di. 30. Nov. 16.24 Uhr

Liebe Florentina,
mein Schweigen hat gar nichts mit dir zu tun. Es ist nur so, dass ich vor mehreren Wochen meiner Lebensliebe wieder begegnet und sehr glücklich bin.

Es geht nicht um Höchststrafe. Liebe kann nur um ihrer selbst Willen entstehen und geht keine Verpflichtung sein.

Ab einem gewissen Zeitpunkt bekam ich den Eindruck, als wäre da deinerseits eine Projektion, die mir nicht guttut.

Wir hatten einen sehr schönen und amüsanten Briefkontakt. Aber wir kennen uns nicht.

Ich wünsche dir alles erdenklich Gute.

Herzliche Grüße

Viktor

Das also war es gewesen. Ein schöner und amüsanter Briefkontakt. Nicht für Florentina. Für sie waren es verlorene Monate in ihrem Leben. Monate der Verleugnung, der Erniedrigung, des Verstehens, der Rücksichtnahme, der Fürsorge. Ihrer Selbstaufgabe.

Viktor hatte sie benutzt. Florentina sich angeboten. Dabei hatte sie sich schon längst verloren. Auch weil das, was sie bereit war zu geben, schon sehr viel früher nicht ausgereicht hatte.

Viktor hatte dies gespürt. Er hatte nichts mehr zu erwarten. Nichts, was über seine existenziell gesicherte Selbstgenügsamkeit hinausging. Die Zeit war abgelaufen.

Florentina war für Viktor nicht die Frau des Lichtes. Sie hatte ihn lediglich in seiner Dunkelheit begleitet.

Viktor hatte den Augenblick des Überlebens gesucht. Eine wirkliche Begegnung hatte er nie beabsichtigt. Nicht ein einziges Mal. Nicht im Bayerischen Hof, nicht in Wien, an keinem Platz der Welt. Mit nur einem einzigen Satz verriet er sie und setzte sie schutzlos ihrer Nacktheit aus.

Epilog

Rituale schaffen lebensnotwendige Komplizenschaften. Sie einen in ihrer Einzigkeit und Integrität. Sie verschwören in ihrer Intimität und beängstigen in ihrer Oberflächlichkeit und Gewohnheit. Sie unterliegen der Täuschung in ihrer Deutungshoheit.

Rituale sind ebenso zwingend wie phänomenal. Sie machen Umstände erträglicher. Sie schaffen Besitz in einem Handlungsstrang, der nur denen vertraut ist, die sich seines bedienen.

Bestehende Rituale verlieren sich in der Abwesenheit des einen oder anderen. Losgelöst und auf sich gestellt, lassen sie sich nicht konservieren, geschweige denn kultivieren. Es bedarf dieser einzigartigen, verschworenen Gemeinschaft, die isoliert, die verschwiegen ist, die sich abgrenzt und gleichzeitig begrenzt. Rituale können nur von Eingeweihten verstanden und praktiziert werden.
Beziehungen bringen Rituale hervor. Rituale schaffen keine Beziehungen.

Einem Irrtum, dem Viktor schon zu Beginn seines Vorhabens erlegen war. Und Florentina ausgesetzt. Viktors Strategie ging nicht auf. Sie fiel seiner

Schwäche zum Opfer und mit ihr Florentina. Zu fragil waren das Konstrukt des Frage-und-Antwort-Spiels, die Intimität der nächtlichen Telefonate. Zu gewaltig der drohende Alltag, die Realität, die, nie beabsichtigt, schon im Ansatz scheiterte. Die Treffen, die nicht stattfanden. Die Pläne, die nie geschmiedet wurden. Die Zukunft ausschließlich aus der Distanz heraus und nie bedacht.

Ein trügerischer Pakt für einen Sommer. Bedingt durch Viktors Notwendigkeit zu überleben. Diesen einen Sommer. Geknüpft an Bedingungen: Zehn Fragen, zehn Antworten im Wechsel ohne Nachfragen, ohne Erklärungen, ohne inhaltliche Gebote oder Grenzen. In absoluter Verschwiegenheit. Und nächtlicher Abgeschiedenheit. So oberflächlich wie tiefschürfend.
Ohne Ausgewogenheit. Ohne Absicht. Sich selbst genügend für Viktor. Ohne Anklage. Kläglich vernichtend für Florentina.

Es war die Struktur heraufbeschworener Rituale für einen Sommer. Einem trügerischen ohne Wärme, ohne Nähe. Ohne Versprechungen. So, als wäre er nie gewesen, löste er sich in den fallenden Blättern des herannahenden Herbstes auf. Verflüchtigte sich in dem einen Satz: Aber wir kennen uns nicht.

Da bleiben kein *Wir*, kein *Richtig* und nichts von *Bestand*.

ENDE

Die Autorin

Marita Sonnenberg lebt als Journalistin und Autorin in der Nähe von Düsseldorf. Als Chefredakteurin war sie für zahlreiche internationale Trend- und Lifestyle-Magazine sowie hochwertige Buchausgaben verantwortlich. Als PR- und Marketingexpertin arbeitete sie mit namhaften Kreativdirektoren und Fotografen zusammen. Ihre Leidenschaft blieben dennoch immer das Schreiben und die Literatur. Mit *Ein trügerischer Sommer* erscheint ihr erstes Buch.

Paul Steinbeck:
Julia – Die Suche

Julia, eine Managerin wie aus dem Bilderbuch: toperfolgreich, immer auf dem Weg steil nach oben. Nichts ist zu viel, nichts zu schwierig, immer wild am Rodeoreiten in der Arena der Erfolgreichen. Mann, Kinder, Geliebter, Macht, Geld, Haus, Rasen mit Gartenzaun drum herum, alles vorhanden. Es könnte wunderbar so weitergehen. Wenn nicht alles aus ihr herausgebrochen wäre, an jenem fatalen Tag auf dem Flughafen in Amsterdam. Sie dreht durch, rastet aus. Zerstört damit ihr bisheriges Leben und wagt den Schritt hinaus in eine vollkommen neue Welt, die ihr alles nimmt und vieles gibt.

Umfang: 320 Seiten
ISBN: 978-3-949768-12-5
Preis 15,90 €

Leseprobe Julia – Die Suche

UNTERGANG

Schweißgebadet und mit rasendem Herzschlag wachte ich auf. Ich wollte mich aufrichten, schaffte es aber nur bis zum Rand unserer Grube. Dann schlug ich mit dem Kopf gegen etwas Hartes. Ich wurde wieder zurückgeschleudert, fiel auf Sven, der mit einem wütenden Aufschrei auf mich einboxte. „Bist du des Wahnsinns!", brüllte er mich an. Doch ich war sprachlos, in Anbetracht der Ahnung, die mich überkam. Erst jetzt fiel mir auf, wie stockfinster es um uns herum war - und vor allem so ruhig. Wir waren - verschüttet! Unter unserer eingestürzten Hütte. Und vermutlich unter Massen an Schnee. Blankes Entsetzen packte mich. Unser Nachtlager war zu unserem Sarg geworden. „Julia, sag mir nicht, dass es das ist, was ich befürchte!" Sven sprach aus dem Dunkeln zu mir. Ich hörte, wie seine Hände auf dem Holz über ihm umhertasteten. Ein großer Teil des Daches musste uns begraben haben. „Sie treibt ihr Spielchen mit uns", schoss es mir durch den Kopf. Wut packte mich. Meine Faust schoss nach oben, wurde vom Deckel unseres Gefängnisses schmerzvoll abgefangen. Ich fluchte, aber mein Widerstand war geweckt. „Tot sind wir noch nicht. Somit haben wir eine Chance. Lass uns kämpfen!"

ABWÄRTS

Circa neun Monate zuvor:
„Ich bin die Welle. Ich bin die Welle." Immer und immer wieder flüsterte ich unmerklich diesen Spruch vor mich hin. „Ja Julia, du bist die Welle, sie müssen nach deiner Pfeife tanzen, wenn sie darauf surfen wollen", antwortete

die Stimme in mir. Aus den Augenwinkeln heraus beobachtete ich die Menschen, die mit mir in diesem eiskalten Gefängnis unter der Langeweile litten. Blicke in die Ge-sichter der Frauen und Männer, die genauso umherschauten wie ich. Nach Ablenkung suchend. Es waren derer gut zehn in diesem langgezogenen Konferenzraum hoch über Berlin – oder war ich gerade in Hamburg? Nein, keine Sorge. Natürlich war es Berlin. Das wusste ich dann schon noch. Aber, in diesem vollkommen abgedunkelten Zimmer war alles ohne Zeit und ohne Ort. Kein Unterschied. Diese Meetings unter eitlen Fratzen, waren lästiger als alle Mückenschwärme der Welt. Ihr Serum wirkte nervtötender als alles andere in der Natur. Wir waren gelähmt und nur Wenige in diesem Raum waren mit Eifer bei der Sache, krallten sich an die Situation und die langweiligen Inhalte. Wie ein Ertrinkender sich an einem Strohhalm festzuhalten versucht. „Ich bin die Welle", murmelte ich erneut. Das gebetsmühlenartige Wiederholen tat mir gut. Die Botschaft bedeutete nichts anderes, als dass die anderen sich nach mir zu richten hatten. Sie mussten meine Gesetzmäßigkeiten beachten. Hätte ich zumindest gerne so gehabt, doch das klappte leider nicht immer. Warum musste ich gerade jetzt transpirieren? Der Schweiß schien in kleinen Bächen unter meinen Achseln hervorquellen zu wollen.

Für mich sonst ein sichtbares Zeichen von Schwäche bei meinen Gegenübern. Mein Unwohlsein steigerte sich. Alles so künstlich, so anstrengend, so zerreibend. Die Luft war zum Schneiden. Mein Instinkt sagte mir, dass die Stimmung nur vorgetäuscht war, wie sie Lähmung vortäuschte. Alle in diesem Raum suchten ein Opfer, auf das sie einschlagen konnten. Suchten den weichen Knorpel, den man zermahlen würde. Als Präsentatorin war ich grundsätzlich prädestiniert für solche Rollen. Ich wollte von ihnen Geld. Sehr viel Geld. Für unsere Konzepte und Großprojekte. Für meine zahlreichen Unternehmen, für die ich in unserem Unternehmensverbund zuständig war. Man konnte sie inzwischen nicht mehr an einer Hand abzählen. Deshalb musste ich mich doppelt und dreifach anstrengen, um gerade nicht dieses Opfer zu sein. Besonders als Frau. Ich durfte keine Schwäche zeigen. Im Gegenteil, mit heruntergezogenem Visier musste ich als erste angreifen, bevor es die anderen taten. Mir gelang das auch so gut wie immer. Sicher, der Preis war hoch, aber für den Sieg in jedem Fall wert. Nur, warum leitete niemand diese Sitzung? Wer wartete auf wen? Zeit zum Handeln! Ich schoss aus der Tiefe meiner Versenkung nach oben, katapultierte mich aus dem Stuhl heraus und wanderte in Richtung des Großbildschirmes. Die Fernbedienung jonglierte in meiner Hand, wie ein rotierender Colt. Immer bereit zu schießen, mit einem süffisanten Lächeln im Gesicht. Die Aussicht auf den Sieg, diese Wollust, erfüllte mich in solchen Momenten mit Glückshormonen, die ich zwingend brauchte. Ich legte mir in meinem Kopf die Munition zurecht, die ich gleich auf meine Opfer abfeuern wollte. Doch irgendwie hatte ich heute Ladehemmung.

Die Worte wollten nicht so schnell aus meinem Mund hervorschnellen, wie ich es jetzt bräuchte. Ich stotterte beinahe. Jemand gähnte im Raum. Ein schlechtes Zeichen. Die Konferenzplörre tat ihr Übriges. Dieses Gesöff durfte sich nicht im Entferntesten als Kaffee bezeichnen. Nicht nur ich blickte angewidert in die weiße Porzellantasse. Schon wieder. Jemand zweites gähnte! Ich drückte meinen Rücken gegen die Kante des Schrankes hinter mir, um irgendetwas Lebendiges zu spüren. Unglücklicherweise verhakte sich mein Blazer an einem der kantigen Griffe. Ich musste mich freikämpfen. Das kostete

Konzentration. Meine Jacke gab nach und ein Reißen auf Höhe des rechten Schulterblattes verhieß nichts Gutes. Ich fluchte, was das Zeug hergab. Erst jetzt bemerkte ich, dass alle Blicke auf mich gerichtet waren. „Alles gut?" Eine in edlen Zwirn gehüllte Dame versuchte besorgt zu wirken, konnte aber ihre Ungeduld nicht verstecken. Schnell nickte ich und bestätigte: „Aber sicher. Ich habe nur nach der richtigen Formulierung gesucht, um Ihnen von der gigantischen Projektidee in der gebührenden Weise zu erzählen." Sie lächelte gnädig und ich beeilte mich, die Präsentation, die an der Wand aufleuchtete, so schnell wie möglich zum Höhepunkt zu bringen. Ich wäre nicht jene erfolgreiche Unternehmerin Julia Maier, wenn ich mich nicht zum rechten Zeitpunkt zusammenreißen könnte, um alle Energie für den Höhepunkt zu sammeln. Schnell zog ich einen Joker aus dem Ärmel, benahm mich wie eine Magierin, die gleich Geschenke hervorzaubert und versuchte mit versteinertem Lächeln die Runde für mich zu gewinnen. Meist war es die Aussicht auf Rendite oder gute Geschäfte. An diesem Tag aber ging es ums Renommee des Konzerns, sprich Gutmenschentum. Hier das Corporate Social Responsibility.

Ach was! Bei uns sagte man richtigerweise CSR. Und dieses Ding, das brauchte jetzt diese Firma. Denn sie hatte gerade einen wirklich miesen Ruf in der Öffentlichkeit. Ist ja auch nicht verwunderlich, wenn man mitten in der Um-weltschutzdebatte, Fridays for Future-Demonstrationen und Klimawandel meint, schnell noch einige Milliarden mehr an Gewinnen mit fossilen Rohstoffen zu machen. Die Kraftwerke wurden gleich mitgeliefert. Mit dem Segen der Politik. Natürlich geschmiert. Ach Gott, wie liebte ich diese jungen Demonstranten, die die Welt besser machen wollten. Seit es diese gab, klingelten bei uns nur so die Kassen. Denn wir lieferten jedem Auftraggeber exakt jenes Image, das er brauchte. Besser gesagt, ich! Denn ich war die Queen des Greenwashing. Sicher, billig war das nicht. Aber, umsonst ist ja nicht mal der Tod und es traf ja keine Armen. Ich kam zum Höhepunkt meiner Zaubershow. Sprach von der Sonne, die fortan in die Gesichter der Menschen strahlen würde, wenn sie den Blick auf das Logo dieses Konzerns hier richteten. Erzählte von einer Glückseligkeit, die die Firmenvertreter beim Lesen der Zeitungsreportagen über die Wohltätigkeit just ihres Unternehmens überkäme und dass die Manager des so mildtätigen Konzerns als gern gesehene Gäste von einer Talkshow zur anderen reisen würden. Vorausgesetzt, dieses wunderbare Konzept, das einem Glückselixier gleichkäme, würde umgesetzt. Dafür müssten sie nur ein paar Millionen in ein nachhaltiges Projekt investieren, das zufälligerweise eine meiner Firmen betreute. Eine echte Win-Win-Situation sozusagen. Dankbar nahm die Runde mein verbales Feuerwerk auf, während dessen ich vor der Projektionswand einen wilden Präsentationstanz vollführte.

So bewahrte ich mit dieser rituellen Handlung sie und mich vor dem Einschlafen. Dankbarkeit war mein Lohn. Ausgedrückt durch das Klopfen der Teilnehmer mit den Handknöcheln auf den langgezogenen Konferenztisch. Die Intensität erlaubte mir, den Erfolg zu messen. Verlogenes Händeschütteln vom Chef, sogar mit beiden Händen um die meinen, folgte. Leere Worthülsen des Lobes umhüllten mich. Die Endorphine aber wurden mit den Worten jener Dame in mir ausgeschüttet: „Machen wir so. Ist gekauft Frau Maier." Ich seufzte innerlich auf. Die Dosis tat mei-nem Nervensystem gut. Die Droge wirkte. Schnell leerte sich der Raum, genauso wie ich selbst wenige Minuten später den lichtdurchfluteten Gang hinuntereilte, dem Ausgang entgegen.

„Gut gemacht", lobte mich mein Verbindungsmann vor Ort auf dem Weg und klopfte mir anerkennend auf die Schulter. Ich nickte. Die Showmasterin hatte ihre Schuldigkeit getan und eine gute Show geliefert, auch wenn es zwischendurch nicht optimal aussah. Die Finanzierung schien gesichert und die Option auf ein Folgeprojekt war bereits in Aussicht gestellt. Wichtiger aber war, dass unsere zahlreichen Schwesterfirmen im Fahrwasser dieses Projektes mitschwammen und mit der Umsetzung der Gut-menschaktionen die wirklich wichtigen Geschäfte tätigten.

Lärmender Verkehr empfing uns vor dem Konferenzhotel. Menschen eilten wild von einer Richtung in die andere. Alle irgendwie auf der Flucht. Wir reihten uns in den Strom nach rechts ein und versuchten mit schnellen Schritten mithalten zu können. Die Krawatte wehte meinem Kollegen um die Ohren. Ich zog im Gehen mein Handy aus der Tasche. Schon satte zehn Minuten keine Mails mehr gecheckt. „Gehen wir noch was Trinken? Auf den Erfolg?" Die unsichere Stimme meines Begleiters störte mich. Ich schielte auf die Uhr.

Dann wieder aufs Handy. Die neuen Mails poppten nur so auf dem Display auf. Fünf, zehn, zwanzig, es hörte nicht auf. Anfragen meiner Aufsichtsräte, hilflose Mails der Projektteams, Infos zu Terminvereinbarungen... Es würden bis zum Abend noch einige Dutzend mehr nervtötende Nachrichten werden. Sinnlos, jetzt mit dem Abarbeiten dieser zu beginnen. Ich steckte das Gerät in die Hosentasche, nickte und zog den jungen Kerl mit zur nächsten Bar. Ein Whisky zur Feier des Tages durfte vor dem Weiterflug schon noch sein. „Kollege, ich übergebe das Projekt vertrauensvoll in deine Hände. Mach was draus." Ich prostete ihm mit dem Wasserglas zu: „Bau keine Scheiße, dann wirst du es in unserem Haus weit bringen." Wütend schickte ich den Ober wieder weg, der es wagte, Whisky mit Eis zu servieren. Ich war außer mir vor Wut. Sind wir in Amerika? So ein Dilettant. Der Milchbub, also mein Verbindungsmann hier in Berlin, zitterte vor Aufregung. „Ja, sicher, das mache ich. Versprochen. Wichtiges Projekt!" Er stockte kurz, trank einen großen Schluck vom jetzt richtig servierten Single Malt und hustete: „Ich will werden wie du. Du bist die Magierin der Manipulation." Ich klopfte ihm wohlwollend auf den Rücken, als das Husten nicht aufhören wollte. „Dann beginnen wir mit der ersten Lektion: Whisky genießt man und trinkt ihn nicht wie Wasser, mein Freund. Lass dir das von einer Kennerin sagen." Mein Handy lag bereits wieder in der anderen Hand und sammelte weitere dutzende Mails. „Mach was aus diesem Projekt. Das ist so wichtig für die Firma und die Gesellschaft." Ich versuchte, ein ernstes Gesicht aufzusetzen. In Gedanken war ich aber schon am nächsten Ort, bei der nächsten Aufgabe. Dann würde ein anderer Jungspund dieser Klon-Yuppies assistieren und vermutlich die gleichen Worte wählen. Die Mails in meinem Handy schossen nur so auf mich zu. Mein Vorstand schrieb, dass sie dringend mit mir über ein wirklich sehr wichtiges Projekt mit internationalen Partnern sprechen müssten. Sofort, da ungeduldige VVVIP-Kunden. Ich wüsste schon, was sie meinten. Ich schob die Nachricht heimlich mit dem Finger weg und ließ mich von einer anderen in Beschlag nehmen. Von Kevin... Innerlich begann ich dahin zu schmelzen. Ihre Sanftheit schlich mit den geschriebenen Worten in mein Bewusstsein, zog mich kurz in ihren Bann. Kevin... „Was?" Irritiert blickte ich auf. „Na das Projekt, ich verspreche, dass ich das perfekt zu Ende führen werde." Mein Gegenüber war feuerrot im Gesicht. Ich nickte wieder und wieder. „Jaja, das Projekt. Schon sehr gewaltig und relevant für uns alle." Ich machte ein ernstes Gesicht. War doch unwichtig, ob das Projekt inhaltlich sinnvoll oder einfach nur eine Seifenblase war, die möglichst lange im hellen Sonnenlicht in allen Farben schimmern musste. Platzen durfte sie natürlich erst dann, wenn sich alle längst wieder einer anderen Attraktion zugewandt hatten. Ich war Julia Maier! Magierin der Bilder. Zauberin der schönsten Illusionen für leidgeplagte, arme Seelen in den Etagen der Topmanagerinnen und Konzerne. Julia Maier schenkte ihnen bunte Farbspritzer in einer tris-ten, betonartigen Lebenswelt.

Ich strich mit der Hand über meine braunen, kräftigen Haare. Sie waren unverschämt struppig an diesem Tag, da ich am Morgen keine Lust hatte, sie in Form zu bringen. Heimlich warf ich einen Blick auf die verspiegelten Wände am Ausgang. Bisher hatten sich nur sehr wenige graue Haare gezeigt. Aber sie häuften sich in letzter Zeit mehr und mehr. Mit Auszupfen würde das bald nicht mehr getan sein. Schnell zog ich meine Schiebermütze aus dem Business-Rucksack und versteckte alle Zeichen des Älterwerdens unter ihr. Mein Gegenüber war noch immer inmitten seines Redeschwalls. Mir fiel auf, dass ich in den letzten Minuten nicht ein Wort zugehört hatte. Den übereifrigen Kollegen störte das offenbar nicht. Sein Labern drohte bereits die Bar zu überfluten. Besorgt zog ich die Füße vom Boden hoch und stellte sie auf die Fußleisten des Barhockers. Noch war alles trocken. Zum Glück. Der Schwall aber wollte nicht enden. „Ich muss dann mal", unterbrach ich ihn mit einem Gesichtsausdruck, der ein aufrichtiges Bedauern zeigen sollte. Ja, Mimik, das konnte ich gut. „Aber sicher doch", mein Gegenüber sprang vom Hocker und übernahm erwartungsgemäß die Rechnung. „Speichellecker", schoss es mir durch den Kopf. „Willst dich einschleimen. Aber soll mir recht sein." Mit einem kurzen Gruß und dem gegenseitigen Versprechen, dass wir „nächstes Mal dringend wieder einen Trinken gehen müssten, nur eben heute nicht, weil…", schob ich mich mit meinen circa eins achtzig durch die Drehtür und verschwand im Getümmel der Stadt. Wenigstens nebelte der Whisky ein wenig ein. Umständlich suchte ich die Mail von Kevin heraus und schwelgte in Gedanken durch die Straßen Berlins.

***

Nur eine halbe Stunde später befand ich mich auf einer hektischen Fahrt zum Flughafen. Die Nacharbeit dieser Sitzung, die hinter mir lag, mussten andere im Team übernehmen. Scherben mussten sie heute keine zusammenkehren. Jetzt aber schnell in die nächste Show. Nächster Termin. Dann mit dem Zug zum darauffolgenden Treffen mit weiteren wichtigen Menschen und irgendwann, spät am nächsten Tag, endlich wieder heimwärts. Dazwischen: Warten. Unendlich viel Warten. Ich hatte seit geraumer Zeit Sorge, dass dieses die Zeit totschlagen ein Gesetz des Lebens war. Dass es dazu gehörte wie Tag und Nacht, Sommer und Winter. Ob es nur mein Schicksal war oder das aller anderen Anzugträger und Anzugträgerinnen auch, das musste ich dringend erforschen. So mein Vorsatz an der kleinen Bar in der Nähe meines Gates. Schlimmer aber war ein anderes, ungutes Gefühl, das in solchen Momenten huckepack mitkam, beim Warten. Es überfiel mich just in dem Moment, in dem ich einen weiteren Shot bestellte und darauf wartete, dass endlich das Boarding begann. Es war dieses Gefühl, gefangen zu sein.

Eingesperrt in ein Korsett, das mich nicht das machen ließ, wonach ich mich eigentlich sehnte: allein sein. Auf meinem Bike sitzen, inmitten der Natur, mit viel Ruhe und keinen Menschen. Extrem tauchte dieses flaue Gefühl im Zug auf. Dann, wenn wir mit Hochgeschwindigkeit übers Land schossen. Nur nicht zu langsam! Es könnte ja etwas von der Stimmung und Ruhe der Wälder, Wiesen und Berge, durch die wir rasten, am Zug haften bleiben. Doch darum mussten sich die Lokführer keine Sorgen machen: Die Businessreisenden sahen das eh nicht. Denn alle hatten ihre Laptops vor sich auf den Tischchen und stierten Stunde um Stunde hinein. Auch ich. Zeit ist kostbar. Und jede Minute, die ich nicht arbeitete, sorgte dafür, dass die E-Mail-Flut noch bedrohlicher wurde. Sie lastete auf meinem Gemüt und es gab keine schönere Belohnung, als zu sehen, dass die Anzahl der ungelesenen Mails unter Einhundert gerutscht war. Zumindest kurzfristig. Doch immer wieder ließ mich ein unbekannter, beinahe unprofessioneller Impuls aufblicken. Am Horizont sah ich aus meiner Blechdose heraus die Reiter, die Radfahrer, die Wanderer und die Badenden an den Seen. Sie genossen ihr Leben in der Freiheit da draußen. Und ich war eingesperrt. Eine Gefangene meiner eigenen Termine und Projekte. Doch was jammerte ich? Ich hatte mir dieses Gefängnis selbst gebaut. Hatte mich selbst darin eingesperrt. Und irgendwie gefiel mir auch das Durchsausen durch Raum und Zeit. Das war so ähnlich, wie leckeres Eis mit großen Löffeln verschlingen. Nein, eher war es wie eine Droge. Wie ein Betäuben. Damit ich nichts spüren musste. Mich nicht spüren! Ich müsste mich ja mit mir auseinandersetzen... Oft wurde nur schnell der eine Koffer mit dem anderen ausgetauscht. Das Hamsterrad lief. Und ich lief darin perfekt mit. Süchtig danach, obwohl ich wusste, dass es auch mein Verderben werden könnte. Ich hatte mich in dieser Männerwelt behauptet, durchgesetzt und mich bis fast ganz nach oben geboxt. Viel brauchte es nicht mehr und ich würde es dann der ganzen Welt zeigen.

Müde warf ich mich spät am besagten Tag auf dem Flug nach Brüssel in meinen Sitz und schloss die Augen. Wenigstens ein wenig Schlaf wollte ich noch ergattern zwischen dem Hier und dem Nirgendwo. Ich spürte, ich hatte einen Hänger. Es waren doch mehr alkoholisierte Getränke gewesen, als geplant. Eine mahnende Stimme in mir sprach: „Bis zum Abendessen muss der Kopf wieder fit werden." – „Ist schon klar, kannst dich auf mich verlassen", sprach eine andere, leicht bockig.
Ich ließ sie miteinander reden und machte die Augen zu. Meine Gedanken schwelgten in schönen Alltagsbildern. Erfolg im Job war für mich wie Opium. Die Anerkennung anderer ein Aphrodisiakum. Ein Team umsorgte mich rund um die Uhr. Was für ein Gefühl der Wichtigkeit und der Macht!
So viele wollten mit mir Freund sein. Dabei war egal, dass das nur wegen meiner Machtposition und nicht wegen mir als Person war. Macht ist sexy. Für mich war es ein erregendes Gefühl, wenn sich junge Männer von mir verführen ließen. Was soll ich lügen oder die Dinge schöner beschreiben als sie waren? So war das. Und nicht anders.

Im Dämmerzustand tauchte die Analogie in mir auf, die ich auch meinen Mitarbeitern beigebracht hatte. Das Bild des Wellenreitens. „Reitest du noch auf der Welle oder drückt sie dich gerade unter das Wasser?" Meiner Meinung nach lag es an jeder und jedem selbst, nicht in zerstöreri-sche Stress-Situationen zu gelangen. Man musste

immer nur Bock haben und cool drauf sein. Pause machten nur Weicheier. Das war unser Credo. Wir befanden uns immer im Kampf mit den Gewalten, wollten sie beherrschen. Ich selbst war das dümmste Beispiel dafür, dass ich der irrsinnigen Überzeugung war, immer und ewig auf der Welle reiten zu können. Erholung brauchte ich nicht. Mehr, immer mehr. Ich wollte das Adrenalin!
Der Abgrund nahte schon damals, ohne, dass ich es bemerkt hatte. So, als ob ich auf meinem Surfbrett des Lebens unbemerkt in einen gigantischen Strudel hineingezogen wurde.

Dieser Kollaps ließ dann auch nicht lange auf sich warten. Selbst eine Julia Maier sollte mit ihren 43 Jahren daran denken, etwas Auszeit vom Hamsterrad zu nehmen. Oder, um bei der Welle zu bleiben, mal vom Brett runterzusteigen und Erholung an Land zu suchen.
Das aber tat ich nicht. Stattdessen durfte ich die Härte des Gesetzes erleben, die eine trifft, wenn Frau im Flughafen plötzlich durchdreht und einen Großteil des Wartebereichs zertrümmert.

John Wyttmarkt:
Die Reise der Marta Gundlach

1940 – Inmitten der Wirren des Krieges kommt die kleine Marta in einem Dorf in Niederschlesien zur Welt. Die Eltern sterben früh, sie und ihre beiden Schwestern werden aus der Heimat vertrieben. Sie reihen sich in den Strom der Vertriebenen ein, schleppen sich in eine ungewisse Zukunft. Die Warnungen des Vaters vor den russischen Siegern sollten sich auf grausame Weise bewahrheiten. ... Roman nach wahren Begebenheiten.

Rückblende: Der Fernseher lief, ein „Tatort", von welchem Sender auch immer. Im Haus waren die Dialoge des Films zu hören. Marta saß in ihrem Fernsehsessel, den hatte sie sich noch vor drei Jahren von einem Außendienstvertreter an der Haustür aufschwatzen lassen. Aber er war bequem. Ein Ohrensessel mit hoher Lehne, das war gut, weil der Rücken immer so wehtat und man die Füße hochlegen konnte. Da ging der Druck aus den Venen, und Marta konnte entspannen. Das Muster des Sessels war rot mit gelben Blumen. Sie hatte Schoner auf die Lehnen drapiert und sich noch ein bequemes Kissen bereitgelegt. Sie bereitete sich wie jeden Abend auf das Fernsehen vor, fast wie ein Ritual. Heute Abend sollte „Wetten, dass..?" mit Gottschalk kommen. Den schaute sie gern, auch wenn er manchmal viel herumlaberte. Neben dem Sessel stand ein kleines Tischchen, auf das sie die abendliche Flasche Bier stellte. Ihre Welt wurde enger und kleiner. Die Beine hatten zu tun, sie zu tragen. Später dann schlief Marta ein und starb, allein und ruhig. Das Herz setzte aus, und der Tod kam ins Haus. Sie machte unter sich, aber das war egal. Der Fernseher lief, ein „Tatort", auf welchem Sender auch immer. Im Haus waren die Dialoge des Films zu hören. Das halb volle Bier wurde langsam schal.

Umfang: 280 Seiten
ISBN: 978-3-949768-03-3
Preis: 13,90 €